Fritz Peter Heßberger

Treibgut des Jet-Zeitalters

Erzählungen

Umschlagphoto: Vogelflug, Aschaffenburg, 27. Februar 2011
F.P. Heßberger, Privatarchiv

Inhalt

Bibliographische Information der Deutschen Nationalbibliothek:
Die Deutsche Nationalbibliothek verzeichnet diese Publikation in der
Deutschen Nationalbibliographie; detaillierte bibliographische Daten sind
im Internet über http://dnb.d-nb.de abrufbar

ISBN 978-3-7528-2543-5

„Ich habe keine Fahrkarte"

Man sagt, es sei der schönste Tag in jenem Sommer gewesen. Ich kann das nicht beurteilen, da ich mich nur drei Wochen in Jyväskylä aufhielt. Ich möchte auch jetzt, aus der Erinnerung, nicht behaupten, daß es sich um den schönsten Tag in diesem Zeitraum handelte, der schönste Abend war es jedenfalls, zumindest für mich, das ist sicher. Wie so oft im Leben begann alles völlig unscheinbar, ohne daß ich etwas besonderes erwartet hätte. Ich saß vielmehr nach dem Abendessen in meinem Hotelzimmer, las und blickte dabei ab und zu durch das Fenster hinaus auf den See, der im milden Schein der Abendsonne glänzte. Du fragst dich in solchen Augenblicken unwillkürlich, was an solchen Abenden in einer fremden Stadt anzufangen sei. Du hast keine Pläne, sitzt da, beschäftigst dich mit irgend etwas, fragst dich, ob du vielleicht einen deutschen Fernsender mit einigermaßen attraktivem Programm empfangen könntest, blickst hinaus, siehst den Sonnenschein und mußt zwangsläufig an das Samstagabend – Treiben draußen auf den Straßen und Plätzen oder in den Kneipen und Tanzlokalen denken, von dem du hier sitzend völlig ausgeschlossen bist. Unruhe erfaßt dann deine Seele, du möchtest hinaus in die Welt, den Trubel, in dem du vielleicht Gesellschaft findest, genießen, das Leben atmen. Und außer dem Willen, noch einige Arbeiten zu erledigen, der aber zu dieser Zeit nur sehr schwach ist, gibt es nichts was dich in der Stube halten könnte. Du kleidest sich an, verläßt das Hotel, gehst ein Stück den Weg den See entlang in Richtung Stadt – und bist ratlos. Gut, ich war schon einige Tage hier, nicht mehr ganz fremd, kannte einige Kneipen, wußte, wo man unter Umständen Bekannte, Kollegen aus dem Institut, die ebenso wie ich für einige Wochen hier arbeiteten, treffen konnte. Jedoch, es gab keine Verabredungen, jeder konnte irgendwo sein, wenn sie überhaupt um diese Zeit schon unterwegs waren, es war schließlich erst acht Uhr und noch gut zwei Stunden Zeit, bevor das Nachtleben erst richtig losbrach.

Unwillkürlich denkst du in solchen Augenblicken daran, umzukehren, dich wieder einzuschließen, dir zu sagen: „Es hat ja sinnlos, ich werde niemanden finden." Doch hatte sich nach Tagen trüben Wetters die Sonne durchgesetzt und warf jetzt ein mildes Licht auf die Erde nieder. Der Abend war warm und ähnelte, obwohl erst Mitte August, eher einem goldenen Herbsttag, zumal die schweren, dunklen Wolken, die noch am späten Nachmittag Regen androhend über dem Land hingen, weitergezogen waren. Und die frische Wärme lockte überall die Menschen hervor, Läufer in Jogginganzügen, nicht weniger sportlich gekleidete Männer und Frauen, die nicht ganz so schnell, aber dennoch stramm, mit Stöcken in der Hand, marschierend den See umrundeten, sowie Spaziergänger, die, feiner angezogen, gemächlich dahinschlenderten. Es ist unvermeidlich, daß sich Körper und Seele unter diesen Umständen sträuben, sich in ein enges Zimmer zurückzuziehen. Also schloß ich mich dem Strom der Langsamen an und trottete ohne rechtes Ziel am See entlang und erreichte schließlich den Hafen, wo eben die Besatzung ein Schiff zu einer Ausflugsfahrt vorbereitete. Geschäftig liefen die Mitglieder der Mannschaft hin und her, um Speisen und Getränke herbeizuschaffen, während Musikanten gerade ihre Instrumente stimmten. Etliche Passagiere befanden sich schon an Bord, andere ließen sich eben von Taxis oder Freunden herbeikutschieren.

Ich verweilte einige Zeit auf einer der Bänke, rauchte zwischendurch eine Zigarette, beobachtete dieses Treiben oder blickte hinaus auf das klare Wasser oder die Hügel in der Ferne, die im Glanz der Abendsonne zu leuchten schienen. Erst als ich die einsetzende Kühle spürte und zu frösteln begann, entschloß ich mich zu erheben und den kürzesten Weg in die Stadt zu nehmen.

Das eigentliche Leben, ich meine am Abend, spielte sich dort innerhalb eines sehr umgrenzten Bereiches, im wesentlichen einer Fußgängerzone von vielleicht zweihundert Metern Länge ab, welche von zahlreichen Kneipen und Tanzlokalen gesäumt wird – zumindest ich als Fremder kannte nichts anderes. Hier herrschte auch tatsächlich ein reger Betrieb, der, wie ich wußte, im Laufe des Abends noch deutlich zunehmen würde, und gegen den das Treiben im Hafen eher beschaulich gewirkt hatte. Menschentrauben wälzten sich in die Lokale hinein, wieder heraus, drängten zur nächsten Bar oder Diskothek, wo sich ein ähnliches Schauspiel abspielte. Als einzelner fühlst du dich in diesem Gewühl eher hilflos, insbesondere, wenn du einen Halt suchst, dich irgendwo niederlassen möchtest, denn die Unruhe der in Scharen Umherstreifender erfaßt die eigene Person und du wirst selbst Teil dieses Stromes, treibst in ihm dahin ohne unterzugehen, aber auch ohne irgendein Ziel zu erreichen, bis du irgendwann feststellen mußt, daß dich die Masse ausgespuckt hat und du dich einsam an irgendeiner Straßenkreuzung wiederfindest, wie ein Stück Holz, welches der Fluß ans Ufer geschwemmt hat. Suchtest du kurz zuvor noch das Leben, so fühlst du dich jetzt von ihm zurückgestoßen, hinweg gedrängt.

„Also gehe ich am besten ins Hotel zurück", dachte ich und machte mich frustriert auf den Weg. Aber die Hoffnung, doch noch Gesellschaft zu finden nagte an der Seele und so beschloß ich in einer abseits vom großen Gedränge, in einem ruhigeren Teil der Stadt, den ich auf dem Rückweg durchqueren mußte, liegenden Kneipe namens ‚Sohwi' noch ein Bier zu trinken und vielleicht hier einen Gesprächspartner oder eine Partnerin zu treffen. Doch ist Erwartung selbst die Mutter einer nagenden Unrast, du kennst das: die Seele findet keinen Frieden, denn du erwartest, daß irgend etwas geschieht; du beobachtest die Menschen, fragst dich, wer es sein könnte, der die Mauer des Schweigens durchbricht, sich neben dich setzt und freundlich „Hallo, wie geht's?" sagt. Schließlich mußt du aber feststellen, daß dich alle nur achtlos passieren.

Da saß ich also vor meinem Bierglas, starrte auf den Spiegel an der gegenüber liegenden Wand, erblickte dort aber nur mein eigenes Abbild, trank, rauchte, schnitt aus Langeweile Grimassen und legte in Gedanken schon den Zeitpunkt fest, wann ich das Glas leeren und wirklich ins Hotel zurückkehren würde. Doch die Unbehaglichkeit des Wartens durchkreuzte meine Pläne und ich leerte das Glas schneller als beabsichtigt. Dies entzog jedem weiteren Verweilen die Grundlage und ich brach auf. Es war aber noch immer hell draußen und ein milder Luftzug durchströmte die Straßen, viel zu schade, um sich schon jetzt ins Hotelzimmer zu setzen und Trübsal zu blasen. Da die Vergeblichkeit meines bisherigen Suchens mittlerweile eine gewisse Gleichgültigkeit in mir erzeugt hatte, trottete ich, mehr unbewußt als mit festen Absichten, zurück in das Zentrum des Lebens, ohne Pläne, ohne Hoffnung, ohne Ziel, einfach, um aus einem Winkel heraus das Treiben zu mustern, an dem ich selbst keinen Anteil haben würde.

Der Betrieb in der Fußgängerzone hatte inzwischen erheblich zugenommen, überall war es voller, gedrängter, lauter. Nachdem ich mich eine Weile umgesehen hatte, entschied ich mich schließlich für das ‚Old Bricks's Inn‘, einer nett eingerichteten, gemütlichen Bierkneipe, die so ein bißchen das Ambiente eines irischen Pubs besaß. Heute Abend war es hier brechend voll. Mit einiger Mühe gelang es mir, mich zur Theke hinzudrängen und ein Bier zu ergattern. Dann schaute ich mich nach einer Sitzgelegenheit um. In der hintersten Ecke auf einem niedrigen Podest, das als Bühne benutzt wurde, wenn hier Live – Musik geboten wurde, gewahrte ich schließlich ein freies, kleines, sehr hohes Tischlein, an dem ich auch Platz nahm. Es war genau der richtige Ort für den fremden Beobachter. So thronte ich nun auf dem Barhocker, trank, rauchte, blickte um mich. Ich weiß heute wirklich nicht mehr, ob es nur ein aus Langeweile geborener Zufall war oder das besonders adrette Aussehen eines der beiden süßen, jüngeren Mäuschen, was möglicherweise meinen Blick öfter und intensiver auf die beiden am rechten Nebentisch sitzenden Frauen lenkte als auf den restlichen Raum; jedenfalls schienen die beiden sich intensiv unterhaltenden Damen irgendwann das Gefühl zu haben, daß ich ihr Gespräch belausche. Vielleicht fühlten sie sich auch durch meine ständigen Blicke belästigt. Denn mit einem Male wandten sich beide gleichzeitig zu mir hin und sagten etwas in einem Tonfall, der nicht unbedingt als freundlich bezeichnet werden konnte. Es klang wie ein Vorwurf, zumindest faßte ich das so auf. Ich verstand natürlich nicht, was sie da gesprochen hatten und blieb eine Antwort schuldig. Doch die beiden gaben sich nicht zufrieden, sondern sagten erneut etwas, was ein noch deutlicherer Vorwurf sein konnte. Ich wollte sie nicht unnötig noch mehr reizen und entgegnete daher: „Ich verstehe sowieso nichts.“
Aus meinen Worten erkannten beide offenbar sofort, daß ich Deutscher bin, denn die neben mir sitzende, eine Schwarzhaarige mit Brille fühlte sich, nachdem beide kurz miteinander getuschelt hatten, zu der Bemerkung verpflichtet, sie könne nur ein wenig Deutsch. Allerdings möchte ich jetzt nicht behaupten, daß ihr Tonfall so klang als bedaure sie dies eben in jenem Moment. Sie gab mir lediglich zu

verstehen, sie könne sich nur noch an einen Satz aus dem Schulbuch erinnern: ‚Ich fahre nach Düsseldorf.' Ihre Begleiterin, ein außergewöhnlich hübsches Mädchen mit wasserblauen Augen und kurzen blonden Haaren, die im Punkerstil nach oben gekämmt waren, ergänzte, auch sie könne sich nur noch an einen Satz erinnern: ‚Ich habe keine Fahrkarte.' In der Hoffnung, mit ihr ins Gespräch zu kommen, fragte ich sie, ob sie Englisch könne, erhielt aber keine Antwort. Statt dessen begannen die beiden erneut, heftig miteinander zu schwatzen und zogen auch das Pärchen, das am anderen Nebentisch saß in ihre Unterhaltung mit ein. Das Gespräch muß sehr lustig gewesen sein, denn es wurde oft von Gekichere oder sogar schallendem Gelächter unterbrochen. Worum es ging, weiß ich natürlich nicht, ich konnte lediglich häufig das Wort ‚Saksa' sowie den Satz ‚ich fahre nach Düsseldorf', den sie offenbar für ungemein amüsant hielten, heraushören. Ich hielt die Konversation mit den beiden damit für beendet, wandte mich meinem Bierglas zu und zündete mir eine Zigarette an, als mich die Blonde unerwartet ansprach
und fragte:
„Woher kommen Sie ?"
Ich nannte ihr den Namen meiner Heimatstadt, obwohl ich genau wußte, daß dieser ihr mit Sicherheit völlig unbekannt sein würde.
„Nein", erwiderte sie darauf, ich wollte wissen, was Sie hier in Jyväskylä machen."
Da die Verständigung wegen des Lärms in der Kneipe schlecht war, fragte ich sie, ob ich mich zu ihr an den Tisch setzen dürfe. Sie willigte ein; dabei huschte ein leichtes Lächeln über ihr Gesicht.
„Ich arbeite an der Universität", antwortete ich, auf ihre vorherige Frage Bezug nehmend, ohne weitere Details zu nennen. Aber sie wollte natürlich Näheres wissen und ich erzählte ihr, daß ich im Beschleunigerlabor des Physikinstitutes an einem Experiment mitarbeite. Sie zeigte sich zu meiner Überraschung sehr interessiert, fragte auch nach einigen Einzelheiten.
„Und wie lange sind Sie schon hier ?" fuhr sie schließlich fort.
„Seit zwei Wochen."
„Und wie lange bleiben Sie ?"
„Eine knappe Woche, bis nächsten Donnerstag."
Die Antwort schien sie einigermaßen zu enttäuschen.

„Das ist schade, können Sie nicht länger bleiben, denn am nächsten Wochenende findet hier die Rallye statt ? Dann ist wirklich Leben in der Stadt."

„Ich weiß, aber es geht nicht. Ich muß nächsten Samstag nach Boston reisen."

Wir schwiegen eine Weile.

„Und Sie wohnen hier in der Stadt ?" fragte ich schließlich.

„Nein, in einem kleinen Dorf."

Ihre Stimme klang leicht traurig. Ich verstand. Als Mitteleuropäer kann man sich das kaum vorstellen, aber hier oben ist ein kleines Dorf wirklich klein, besteht vielleicht aus zehn Häusern inmitten von Seen, Sumpf und Wald, die zudem weit verstreut liegen können. Das nächste kleine Dorf liegt einige Kilometer entfernt, das nächste Städtchen eine halbe Autostunde. Das kann man für idyllisch halten, für die Bewohner bedeutet das aber Abgeschiedenheit und die Verbindungen zur Außenwelt bilden Fernsehen, Telefon und ein staubiger Fahrweg, der irgendwann in eine Hauptverbindungsstraße mündet.

„Es tut mir leid, daß ich so schlecht Englisch spreche", sagte sie schließlich, „aber ich habe dort keine Möglichkeit, meine Kenntnisse zu verbessern oder das Sprechen zu üben. Ich habe auch in der Schule drei Jahre lang Deutsch gelernt, weiß aber nur noch Sätze wie ‚ich fahre nach Düsseldorf zu meinem Kamerad. ‘ Ich weiß, das klingt komisch, aber so steht es in den Büchern."

„Sie sprechen aber sehr gut Englisch", redete ich ihr zu und das war keine Schmeichelei.

„Ja, aber ich spreche sehr langsam, weil ich bei jeden Wort nachdenken muß. Ich habe eben keine Übung und in der Schule haben wir nur Vokabeln, Grammatik und Sätze wie ‚ich fahre nach Düsseldorf zu meinem Kamerad‘ gelernt, aber nicht eine Sprache wirklich sprechen. Wenn ich in Helsinki wohnte, dort einen Job hätte, für den ich Fremdsprachen brauche, wäre es einfacher, aber so sitze ich in einem kleinen Dorf fest, mit zwei kleinen Kindern, ohne Job. Ich würde daher völlig verkümmern, wenn ich nicht ab und zu abends in die Stadt fahren, mit Freundinnen zusammentreffen oder zum Tanzen gehen könnte. Und was machen Sie heute noch ?"

Ich zuckte mit den Schultern.

„Hier herumsitzen, Bier trinken, irgendwann die Kneipe wechseln und hoffen, vielleicht doch noch einen Kollegen zu treffen."

„Sie sollten auch tanzen gehen."

„Aber wohin ? In den Diskotheken trifft man ja doch nur junge Leute. Da passe ich nicht dazu. Aber wenn ich nicht allein wäre ..."

Sie blickte mich liebevoll an, erneut huschte ein leichtes Lächeln über ihr Gesicht. Ich fühlte, sie war nahe daran, einen bestimmten Entschluß zu fassen. In diesem Augenblick raunte ihre Begleiterin, die bisher unser Gespräch schweigend und eher teilnahmslos verfolgt hatte, ihr etwas zu. Ein kurzer Wortwechsel folgte.

„Es tut mir leid, aber wir müssen gehen, einige Freundinnen erwarten uns", erklärte sie daraufhin mit leiser, leicht trauriger Stimme.

„Da hat die weibliche Eifersucht wieder zugeschlagen", dachte ich, während sich beide erhoben. Erst beim Hinausgehen merkte ich, wie zierlich sie war. Ich blickte ihr nach bis sie meinen Augen entschwand, blieb dann noch eine Weile träumend sitzen, bis das Verlangen, sie draußen im Gewühle zu suchen Oberhand gewann. Mir war natürlich klar, daß mein Unternehmen ziemlich sinnlos war, denn das Gedränge in der Fußgängerzone hatte unterdessen noch weiter zugenommen. Ich durchstreifte daher erfolglos mehrere Kneipen, suchte schließlich das gegenüber dem ‚Old Brick's Inn' liegende ‚Hemingway's' auf, das ich mittlerweile auch schon recht gut kannte, fand sie jedoch auch dort nicht. Ich verließ das Lokal, blieb aber noch kurze Zeit am Eingang stehen, die vor mir dahin strömende Menschenmenge beobachtend, bevor ich durch das kleine Tor, vor dem eine Gruppe junger Frauen stand, auf die Straße trat. Obwohl ich sie suchte, hätte ich sie jetzt beinahe übersehen, erkannte sie nicht in der Menge und bemerkte sie erst, als sie mich ansprach.

„Hallo, was machen Sie denn hier ?"

„Ich schaue mich nur ein bißchen um; und Sie ?"

„Meine Freundinnen wollen jetzt tanzen gehen."

Sie zeigte dabei auf vier nebenan stehende Frauen, die noch zu beratschlagen schienen.

„Und wohin geht ihr ?"

„Ich weiß es nicht. Eine von ihnen wohnt hier in der Stadt, ich denke, sie wird uns etwas zeigen."

Die anderen hatten mittlerweile wohl einen Entschluß gefaßt und setzten sich in Bewegung. Sie folgte ihnen wenig später.

„Ich muß jetzt gehen. Auf Wiedersehen !" rief sie mir zu, und ihre Augen sagten: „Du kannst mitkommen, wenn du willst."
Ich überlegte während ich ihr nachschaute; sie drehte sich noch einmal um und winkte mir zu, bevor sie um die nächste Ecke verschwand. Ich blieb einige Zeit stehen, ihr hübsches Gesicht vor Augen, den weichen Klang ihrer etwas tiefen Stimme in den Ohren, ihren süßen Duft in der Nase und dachte nach. Es war mit Sicherheit kein Fehler gewesen zurückzubleiben, denn du darfst keine Wege gehen, die nirgendwo hin führen, nur weil sie eine schöne Aussicht bieten. Als Treibgut des Jet – Zeitalters wirst du nirgends Wurzeln schlagen, versuche es erst gar nicht !

Trotzdem ließ der Wunsch, sie noch einmal zu sehen, sich nicht unterdrücken. Ich schlug daher die Richtung ein, in der sie weggegangen war, irrte einige Zeit ziellos umher, sah einige Tanzlokale, die wohl in Frage kommen konnten, suchte aber keines auf, da mir mittlerweile die Lächerlichkeit meines Unternehmens bewußt geworden war, sondern trat den Rückweg an. Am Rande der Fußgängerzone traf ich Wolfgang, der seine Abendschicht am Experiment beendet hatte und nun auf dem Weg nach Hause war.
„Hast du Lust, noch auf ein Bier ins ‚Hemingway's' mitzukommen ?" fragte er mich.
„Klar !" antwortete ich kurz entschlossen.
Wir unterhielten uns dort noch lange. Wie unter Kollegen üblich, wechselten die Gesprächsthemen nahtlos zwischen allgemeinen, privaten und fachlichen Problemen hin und her. Aus dem einen Bier wurden zwei oder drei, so genau weiß ich das nicht mehr. Gegen ein Uhr ging ich dann endgültig zum Hotel zurück, träumte unterwegs noch lange von der zierlichen, hübschen Frau mit den wasserblauen Augen, der ungemein reinen Haut und der etwas tiefen Stimme, die sich jetzt wohl irgendwo in einem Tanzlokal vergnügte.
Tanze, mein kleines Mädchen und vergiß wenigstens für ein paar Stunden deine Einsamkeit.
Du wirst nie nach Düsseldorf zu deinem Kameraden fahren, du hast keine Fahrkarte. Und selbst wenn du hingelangtest würdest du ihn nicht finden, denn ich werde nicht dort sein: ich habe nämlich auch keine.

Der alte Wolf

Der alte Wolf lebte schon solange er sich zurück erinnern konnte in der Steppe. Es war eine unwirtliche Gegend, eine Graslandschaft, mit einigen Büschen und Bäumen durchsetzt.

Sie lag zwischen zwei Flußläufen, die sich im Süden vereinigten und sie ansonsten nach Osten und Westen begrenzten. Im Norden ging das Grasland allmählich in einen dichten Wald über.

Der Wolf wußte nicht wie er dort hin gekommen war, so sehr er sich auch in die Vergangenheit zurückversetzte. Irgendwann gab er es auf darüber nachzudenken. Was hätte es ihm auch genutzt ? Es gab genügend Tiere, die ihm als Nahrung dienten. Er fragte sich oft, warum es in seiner Natur lag, zu jagen und andere Tiere zu fressen, während diese sich doch von Gras oder Baumrinde ernährten. Lag es daran, daß er anders aussah ? Er hatte oft im Wasser sein Spiegelbild betrachtet und festgestellt, daß ihm kein anderes Lebewesen ähnelte. Warum war das so ? Gab es keine andere Lebewesen, die ihm ähnelten? Er schien allein zu sein. Er nahm es hin. Vor vielen Jahren hatte er gelernt sich im Wasser zu bewegen, beide Flüsse überquert. Im Osten wurde das Grasland immer dürftiger je weiter er lief und nach zwei Tagen ging es in eine trockene Wüste über. Dort fand er kein Wild, das ihm als Nahrung dienen konnte und so er kehrte um. Nach Westen hin erreichte er nach einem Tag ein hohes Gebirge. Natürlich fragte er sich, welche Welt wohl hinter dem Gebirge lag. Doch seltsamerweise empfand er kein großes Verlangen diese kennenzulernen. So trabte er einige Zeit eher lustlos einen schmalen Pfad bergaufwärts, legte sich schlafen als es dunkelte. Am nächsten Morgen verspürte er Hunger, fand aber nichts zu fressen. Und so verlor er bald die Lust weiterzugehen und trabte zurück. Und der Wald im Norden wurde immer dichter je weiter er in ihn eindrang. Das hinderte ihn am schnellen Laufen und so konnte er keine Beute jagen. Daher kehrte er ins Grasland zurück. Es blieb seine Welt. Sie war groß genug für ihn, er konnte sie in einem Tag kaum durchstreifen und er fand dort immer genügend Nahrung.

Da die Beutetiere stets zahlreich waren, mußte er keine große Mühe auf die Beschaffung von Nahrung verwenden. Er hatte viel Zeit, besah was um ihn herum war genauestens, wußte anfangs aber nicht, wie die vielen Dinge, die er sah, hießen. Und so gab er ihnen Namen um sie zu unterscheiden.

Eine Tages als er faul im Grase unter einen Baum lag, bemerkte er auf dem untersten Ast eines nahen Baumes einen Holzhöhler, der seltsame Töne von sich gab. Er schaute sich um, gewahrte unten im Grase ein Langohr, das die gleichen Töne von sich gab. Es waren aber nicht dieselben Laute, wie diese sie Tiere ausstießen, wenn sie alleine waren. Außerdem bemerkte er bald, daß sie diese Töne abwechselnd ausstießen, nicht gleichzeitig. Das wunderte in ein bißchen. Es mußte etwas zu bedeuten haben, das er nicht verstand. Abwechselnd schaute er die beiden an, rührte sich aber nicht vom Fleck um sie nicht zu stören. Ein Schwarzvogel, der auf dem Baum über ihm saß, hatte dieses Schauspiel einige Zeit beobachtet.

„Du wunderst dich, weißt nicht, was das zu bedeuten hat", rief er ihm schließlich zu.

Der Wolf schaute auf. Den Schwarzvogel hatte er bisher nicht beachtet. Er wunderte sich nun über den Schwarzvogel, der Laute von sich gab, die er verstand. Was bedeutete das ? Bisher hatte solches noch kein Tier getan. Er sprach oft zu sich selbst und es war ihm stets als selbstverständlich erschienen, daß er seine Gedanken in Lauten ausdrücken konnte. Das war schon immer so gewesen, so lange er sich zurückerinnern konnte. Auch die anderen Tiere stießen Laute aus, die er allerdings nicht verstand. Er hielt dies daher für eine natürliche Gabe, aber daß ein Tier Laute ausstieß, die er verstand, hatte er noch nie zuvor erlebt. Unwillkürlich antwortete er.

„Was hat das zu bedeuten Schwarzvogel ? Wieso kannst du die gleiche Laute von dir geben wie ich ?"

Der Rabe lachte.

„Weil ich deine Sprache kenne. Wir Raben sind nämlich klug. Wir kennen viele Sprachen."

Der Wolf schaute den Vogel verwirrt an.

„Die Laute, die du und die anderen Tiere ausstoßen, nennt man Sprache. Damit kann man seine eigenen Gedanken ausdrücken, aber auch seine Gedanken anderen mitteilen. Das ist doch ganz einfach. Jedes Tier hat seine eigene Sprache. Und darüber hinaus gibt es auch eine

Tiersprache, die alle verstehen. Ich bin übrigens ein Rabe, kein Schwarzvogel."

„Ich verstehe sie aber nicht", entgegnete der Wolf.

„Du hast sie ja auch nicht gelernt", antwortete der Rabe.

Der Wolf dachte eine Weile nach.

„Aber du kannst doch mit mir in meiner Sprache reden. Wo hast du sie gelernt ? Wo habe ich sie gelernt ?"

„Wo du sie gelernt hast weiß ich nicht. Vielleicht von deinen Eltern, schließlich sprichst du ja ihre Sprache. Wir Raben haben etwas, was man Schule nennt. Dort lernt man das."

„Was sind Eltern ?"

Der Rabe lachte erneut.

„Du weißt gar nichts, du bist dumm. Deine Eltern sind die Tiere, die dich in die Welt gesetzt haben. Die sehen so aus wie du."

„Es gibt aber keine anderen Tiere, die so aussehen wie ich."

Der Wolf kannte sein Aussehen, da er schon oft im Wasser sein Spiegelbild gesehen hatte.

„Was weiß ich", sagte der Rabe, „vielleicht bist du vor langer Zeit hierher gekommen und erinnerst dich nicht mehr an das, was vorher war. Vielleicht haben deine Eltern auch schon hier gelebt und sind schon lange tot."

Der Wolf dachte nach. Nein, an andere Tiere, die so aussahen wie er konnte er sich nicht erinnern. Es gab anscheinend vieles, was er nicht wußte.

„Kannst du mir die Sprache der Tiere beibringen ?"

„Wenn du nicht zu dumm dazu bist, dann geht das schon. Aber ohne Lohn mache ich das nicht."

„Und was willst du dafür ?"

„Ich esse gerne Rehfleisch. Rehe, das sind die langbeinigen Tiere, die du auch so gerne frißt. Für mich ist ihr Fleisch schwierig zu bekommen, da ich keine Rehe jagen kann. Ich muß mich immer mit dem begnügen, was du mir übrig läßt. Bringe mir also Rehfleisch und ich lehre dich die Sprache der Tiere. Bringe mir aber gutes, nicht die Reste, die du nicht mehr magst."

„Das werde ich tun", versprach der Wolf, „komme morgen wieder hierher."

Und so geschah es.

Der Wolf lernte die Sprache der Tiere. Er merkte auch bald, daß der Rabe vieles wußte, was ihm unbekannt war. Er fragte. Der Rabe erklärte ihm im Laufe der nächsten Wochen manches, ließ aber auch viele Fragen unbeantwortet, so zum Beispiel, woher er käme oder wo es noch andere Tiere, die wie er aussehen, gebe. Der Rabe erklärte ihm auch, wie die anderen Tiere genannt wurden, aber nicht, wie er genannt wurde. Der Wolf merkte bald, daß der Rabe zwar die Antwort kannte, es ihm aber nicht sagen wollte.

„Warum verschweigst du mir vieles, zum Beispiel auch, wer ich bin, wie man mich nennt", fragte er ihn eines Tages.

Der Rabe antwortete.

„Du bist der ‚Alleine'. Und das ist gut so. Mehr von deiner Sorte wären ein Unglück."

„Das verstehe ich nicht. Ich bringe dir so viel frisches Rehfleisch wie du willst. Sage mir alles, auch welche Länder hinter der Wüste und hinter den Bergen liegen ? Welche Tiere und welche Geheimnisse gibt es dort ? Du weißt das, dessen bin ich mir ganz sicher."

„Nein, nein, manchmal ist es besser Aas zu fressen als die falschen Köpfe mit Wissen zu füllen. Es war schon gefährlich genug, dir die Sprache der Tiere beizubringen."

Dann verschwand der Rabe, ließ sich nicht mehr blicken, so sehr er ihn auch lockte.

Der Wolf legte sich daher, wenn er satt war, oft ins Gestrüpp, weil sich dort die anderen Tiere versammelten um sich zu unterhalten und lauschte ihren Gesprächen. Sie waren aber nicht so klug wie der Rabe und er erfuhr nichts über die Länder jenseits der Steppe, jenseits der Berge oder jenseits des großen Waldes. Er erfuhr auch sonst nichts, was ihm von Nutzen war, nicht einmal, wie man ihn nannte, denn sie bezeichneten ihn stets nur als den ‚Alleinen'.

Dieses Unwissen nagte in ihm und er kam irgendwann zu dem Entschluß, daß es notwendig war, nochmals aufzubrechen und die weite Welt zu erkunden.

Da der Herbst schon weit fortgeschritten war und er nicht wußte, was ihn unterwegs erwartete, erschien es ihm sinnvoll, bis zum Frühjahr zu warten.

Doch bevor er seinen Plan in die Tat umsetzen konnte tauchten seltsame Wesen auf. Sie unterschieden sich deutlich von dem Wild, das er zu jagen gewohnt war. Sie bewegten sich auf nur auf den Hinterbeinen, die wesentlich länger und kräftiger waren als die Vorderbeine. Diese besaßen allerdings seltsame Pfoten, mit denen sie Dinge vom Boden aufzuheben vermochten. Sie konnten damit auch Äste umfassen und sich so an ihnen festhalten. Sie hatten auch merkwürdige Felle, die bei jedem anders aussahen und nicht mit den Körpern verwachsen zu sein schienen, denn sie flatterten im Wind. Außerdem konnten sie mit den Vorderbeinen Dinge aus den Fellen hervorziehen. Das machte ihn einerseits neugierig, machte ihm andererseits aber auch Angst. Als sich einer von ihnen einmal von den anderen abgesondert hatte, näherte er sich ihm vorsichtig. Als das seltsame Wesen ihn erblickte nahm es eine Art Stock in die Hand und richtete diesen auf ihn. Dann hörte er einen Donnerschlag und etwas zischte an ihm vorbei. Er erschrak. Es folgte ein weiterer Donnerschlag und ein weiteres Zischen. Und dann geschah etwas Seltsames. Das fremde Wesen warf den Stock beiseite und rannte davon, gab dabei schrille Laute von sich. Der Wolf verstand dies nicht und folgte ihm. Als das Wesen dies bemerkte, lief es noch schneller, gab noch schrillere Laute von sich. Dann tauchten die anderen auf. Diese nahmen ebenfalls Stöcke in die Hand, richteten sie auf ihn. Wieder ertönten Donnerlaute. Doch diesmal spürte der Wolf einen Schlag in der Schulter, dem ein stechender Schmerz folgte. Angst überfiel den Wolf und er rannte davon. Unter einem Busch legte er sich nieder. Er merkte bald, daß eine Flüssigkeit das Gras unter ihm rot färbte. Es war Blut, sein eigenes. Der Blutstrom versiegte bald, der Schmerz ließ zwar auch allmählich nach, aber er konnte nicht richtig laufen. Er hinkte, konnte nicht jagen, mußte hungern. Nach einigen Tagen besserte sich sein Zustand, er gewann seine alte Schnelligkeit zurück, konnte wieder Nahrung erbeuten. Er suchte nach den seltsamen Wesen, fand sie auch, beobachtete sie genau, hielt sich aber vor ihnen fern, da ihm ihre Donnerstöcke gefährlich erschienen. Und er machte noch eine andere Entdeckung. Die Wesen streiften nämlich durch die Steppe, richteten dabei ihre Donnerstöcke auf eine bestimmte Art von Tieren, die dann oft nach dem Donnerkrachen zusammen brachen. Der Donner mußte sie getötet haben. Die seltsamen Wesen gingen dann zu den toten Tieren hin, zogen Gegenstände aus ihrem Fell, die in der Sonne blinkten und mit ihnen konnten sie die Felle der toten Tiere vom Körper lösen. Die Felle nahmen sie dann mit, die Körper ließen sie oft liegen. Die Wesen fürchteten auch das Feuer nicht. Im Gegenteil, sie vermochten sogar Feuer zu erzeugen, was seiner bisherigen Erfahrung nach nur Blitze konnten. Sie verstanden es sogar, das Feuer so anzulegen, daß es sich nicht ausbreitete, setzten sich wenn es dunkel wurde um das Feuer herum, warfen von Zeit zu Zeit trockene Äste darauf, damit es nicht verlösche. Der Wolf kam aus dem Staunen nicht heraus. Er beobachtete noch mehr. Manchmal benutzten sie die blinkenden Dinge um Fleischbrocken von den getöteten Tieren abzutrennen und die Fleischstücke hielten sie dann am Abend für einige Zeit über das Feuer bevor sie diese aßen. Und wenn sie schlafen wollten breiteten sie vorher Felle aus und schlüpften hinein.

Die Wesen blieben den Winter über in der Steppe. Im zeitigen Frühjahr packten sie dann allerdings eines Morgens die Felle zusammen, überquerten in einem ausgehöhlten Baumstamm den Fluß und zogen in Richtung der Berge davon.

Der Wolf überlegte. Aber so sehr er sich anstrengte, er konnte keine Bedeutung in ihrem Verhalten erkennen. Sie mußten ein Geheimnis haben. Nach vielen Tagen des Nachdenkens entschloß er sich, dieses Geheimnis zu ergründen. Er überquerte den Fluß, durchsuchte die angrenzende Steppe, konnte die Wesen aber nicht finden. Vielleicht lebten sie in den Bergen. Vielleicht gab es auch ein Land jenseits der Berge. Er fraß sich noch einmal richtig satt, machte sich dann auf den Weg.

Der Weg durch die Berge war nicht so schwierig, wie er vermutet hatte. Auch gab es da gelegentlich Beute; er mußte nicht hungern. Nach einigen Tagen erreichte er einen seltsam geformten Felsen, der oben mit Holz bedeckt war. In dem Felsen befanden sich Löcher. Er pirschte sich vorsichtig heran, lugte durch ein Loch, stellte fest, daß der Felsen hohl war. Er schlich um den Felsen herum und fand an einer Seite ein besonders großes Loch, das bis zum Boden reichte. Hinter dem Loch befand sich allerdings ein großes Stück Holz. Neugierig geworden drückte der Wolf dagegen, konnte das Holz aber nicht bewegen. Dann hörte er Geräusche, die so ähnlich klangen wie die Laute, welche die seltsamen Wesen von sich gegeben hatten. Schnell zog sich der Wolf ein Stück hinter einen großen Stein zurück und beobachtete den Weg. Er erschrak. Zwei riesige Tiere, viel grö-

ßer als jene, die er in Steppe kennengelernt hatte, trabten heran. Sie zogen einen mächtigen ausgehöhlten Baumstamm hinter sich her, auf dem vier der seltsamen Wesen saßen. Es waren aber nicht jene, die er in der Steppe gesehen hatte. Das merkwürdigste aber war, daß unten an dem Baumstamm seltsame Gegenstände befestigt waren, welche den Boden berührten und die sich drehten. Ihre Bedeutung konnte der Wolf nicht verstehen. Vor dem ausgehöhlten Felsen hielten die mächtigen Tiere an. Die seltsamen Wesen stiegen vom Baumstamm herab. Zwei von ihnen gingen zu den mächtigen Tieren, lösten sie vom Baumstamm, führten sie dann auf eine kleine, mit Gras bewachsene Fläche unweit des ausgehöhlten Felsens. Die beiden anderen gingen zu der auf den Boden reichenden Öffnung des Felsens, schoben das große Holzstück mit Leichtigkeit nach hinten beiseite, gingen hinein. Der Wolf kam aus dem Staunen nicht mehr heraus. Die Wesen mußten ungeheure Kräfte besitzen. Das ganze erschien ihm ungeheuerlich, allmählich packte ihn Angst und er überlegte, ob es nicht das Beste sei, schleunigst in seine Steppe zurückzukehren. Doch die Neugier war stärker. Er wartete. Die beiden, welche die großen Tiere zu der Grasfläche geführt hatten, verschwanden nun auch in dem hohlen Felsen. Der ausgehöhlte Baumstamm, auf dem die Wesen gekommen waren hatte sein Interesse am stärksten geweckt. Er schlich zu ihm hin. Der Baumstamm war seltsam geformt, konnte niemals so gewachsen sein. Am Rande der Steppe gab es Tiere, die besaßen große Zähne, mit denen sie Baumstämme aushöhlen konnten. Aber solche Formen brachten sie nicht zustande. Und die Wesen hatten keine großen Zähne, mußten also über Künste verfügen, die ihm unbekannt waren. Er dachte an die Donnerstöcke. Auch die waren ihm ein Geheimnis gewesen. Er drückte vorsichtig gegen den ausgehöhlten Baumstamm, die an ihm befestigten runden Gegenstände begannen sich zu drehen und er setzte sich in Bewegung. „Wie leicht das geht", dachte der Wolf, „auch wieder so ein Geheimnis der seltsamen Wesen."
Er trabte zu den großen Tieren.
„Wer seid ihr?" fragte er in der Sprache, die er von dem Raben gelernt hatte, in der Hoffnung, daß sie ihn verstehen würden. Und sie verstanden.

„Du Dummkopf, wir sind Pferde. Und komme uns ja nicht zu nahe alter Wolf. Du bist allein und wir sind zu zweit", antworteten ihm beide wie aus einem Mund.

„Was habt ihr zu mir gesagt? Wer bin ich?"

„Verstelle dich nicht. Wir sind doch nicht dumm. Du bist ein Wolf."

„Ein Wolf?"

„Ja, Wölfe, so nennen euch alle. Und ihr seid böse und dumm. Das sieht man dir an. Ihr denkt nur ans Fressen. Alle haben Angst vor euch, wenn ihr in riesigen Rudeln auftaucht. Sogar die Menschen. Aber du nimm dich in Acht. Du bist alleine."

„Und wer sind die Menschen?"

Die Pferde wieherten laut.

„Du hast sie doch gerade gesehen. Sie sind ins Haus gegangen."

„Ihr meint, in den ausgehöhlten Felsen?"

„Dummkopf. Das ist ein Haus. Die Menschen verstehen es, so ein Haus aus Steinen zusammenzusetzen. Die Menschen verstehen viel. Du verstehst aber nichts. Du bist ein Dummkopf."

Der Wolf schwieg. Er kannte nur die Steppe, wußte nicht, was hinter der Wüste im Osten oder hinter dem Gebirge lag. Viele Geheimnisse gab es da, die er nicht kannte. Aber ein Dummkopf war er nicht. Er würde sie alle ergründen. Die Pferde konnten erste Auskunft geben. Aber er durfte nicht grob sein.

„Ich weiß, ich bin dumm", sagte er vorsichtig, „aber ich will lernen. Und ihr wißt sicher, welches Geheimnis der ausgehöhlte Baumstamm, den ihr gezogen habt hat und warum die Menschen so leicht das große Holzstück an der Hausöffnung bewegen konnten, während ich es vergeblich versucht habe?"

„Ha, der ausgehöhlte Baumstamm ist ein Wagen und die Dinge daran sind Räder, man nennt es auch Fuhrwerk. Und was das Holzstück betrifft: das ist eine Tür. Sie hat einen Riegel. Den mußt du wegschieben, dann kannst du sie ganz leicht öffnen. Tust du es nicht, dann schaffst du das nie."

„Und was ist das Geheimnis der Donnerstöcke? Und das der seltsamen Felle, welche die Menschen haben? Und welche Gegenstände ziehen sie daraus hervor?"

Die Pferde schüttelten den Kopf.

„Du hast schon genug erfahren. Und wir sind müde, wir haben den ganzen Tag gearbeitet, den Wagen gezogen. Und morgen müssen wir

noch weiter hoch in die Berge. Wir wollen jetzt schlafen. Gehe in die Stadt. Dort kannst du alles erfahren. Aber du wirst es nicht verstehen, denn du bist ein Wolf. Und Wölfe sind blutrünstig aber dumm. Das ist nun mal so."
Es war zwecklos weiter zu fragen. Die Pferde wollten nichts mehr sagen.
„Aber eines müßt ihr mir noch verraten: was ist die Stadt."
Die Pferde murrten zwar, aber das eine antwortete dennoch.
„Viele Häuser, viele Menschen. Aber nun ist Schluß."

Der alte Wolf zog sich zurück, suchte ein Platz zum Schlafen. Viele Gedanken schwirrten in seinem Kopf umher. Es galt viele Geheimnisse zu ergründen.
„Nein, die Pferde hatten unrecht", sagte er sich, „ich bin nicht dumm. Ich werde alles verstehen."
Im Morgengrauen, noch bevor die Sonne aufgegangen war, trollte er sich davon.
Er lief, dem Ratschlag des Pferdes folgend, die Straße entlang, verhielt sich aber vorsichtig, war stets bereit, den Menschen auszuweichen, sollten sie vor ihm auftauchen.
Nach etwa einer Stunde hatte er die Paßhöhe erreicht. Die Gegend hier oben war kahl und felsig; etwas tiefer standen Gruppen niedriger Bäume und Büsche. Doch das interessierte ihn wenig. Sein Blick richtete sich auf das weite Land im Westen. Er versuchte, irgendwo in der Ferne einen Flecken auszumachen, auf welchen die Beschreibung der Stadt paßte, fand aber nichts. Er sah nur ein öde Steppe, die jener im Osten glich.
Der Wolf überlegte. Vielleicht hatte ihn die Pferde belogen; die Pferde wußten über viele Dinge zu berichten, die er nicht kannte. Sie hatten ihn sicherlich für einen Dummkopf gehalten, wie ihn einst der Rabe für einen Dummkopf gehalten hatte. Und so hatte es den Pferden womöglich Spaß gemacht, ihm von Dingen zu erzählen, die es in Wirklichkeit gar nicht gab. Vielleicht existierte die Stadt gar nicht.
Andererseits, so überlegte der Wolf, dienten die Pferde dem Menschen, zogen schwer beladene Wagen, erhielten als Lohn nur dürres Gras. Dabei war sie groß und stark, brauchten sich daher in der Steppe, wo sie genügend frisches und gutes Futter finden konnten, vor niemandem zu fürchten.

Warum ließen sie sich von den Menschen unterjochen, liefen nicht einfach davon ?

Der Wolf zog daraus den Schluß, daß Pferde sehr dumme Wesen sein mußten und daher sicherlich zu blöde waren derartige Geschichten zu erfinden.

Außerdem war er neugierig.

Also beschloß er weiterzutraben.

Nach drei Stunden erreichte er den Fuß des Gebirges, die Gegend war nun flach, mit dürrem Gras bewachsen, nur hier und dort stand ein Busch. Der Wolf lief weiter. Am Nachmittag verspürte er Hunger; auf der Suche nach etwas Freßbarem wich er von der Straße ab, erwischte nach kurzer Zeit einen fetten Hasen, der sich arglos sonnte. Als die Sonne sank suchte er sich unter einem Busch ein Nachtlager. Gegen Mittag des nächsten Tages wurde die Vegetation üppiger, die Farbe des Grases wechselte von braun nach grün, neben Büschen tauchten vereinzelt Bäume aus der Steppe auf.

Er kam nun langsamer voran, da ihm jetzt des öfteren Menschen begegneten, denen er ausweichen mußte. Manche waren allein, andere in Gruppen unterwegs, zu Fuß. Ab und zu begegneten ihm auch Fuhrwerke; so nannte man die mit Pferden bespannten Wagen. Dem Wolf fiel auf, daß viele Wagen gar nicht von Pferden gezogen wurden, sondern von anderen Wesen. Diese waren groß und stark, wirkten aber plump, glotzten blöde. Sie hatten Hörner auf dem Kopf, so wie die Ziegen und die Schafe. Sie besaßen jedoch eine andere Form, waren zueinander hin gewölbt.

Dem Wolf kamen allmählich Zweifel, ob er weitergehen sollte. In der Stadt wimmelte es sicherlich vor Menschen und er konnte wohl kaum allen aus dem Weg gehen. Diesen Umstand hatte er bisher noch gar nicht bedacht.

Er legte sich unter einen Busch am Wegrand, beobachtete die Vorbeiziehenden eine Weile, dachte nach. Ihm fiel auf, daß kaum einer einen Donnerstock trug. Also waren sie auch nicht gefährlich. Und er wußte, er konnte viel schneller laufen als sie.

Sollte er es also wagen, sich offen zu zeigen, um herauszufinden, wie sich die Menschen verhalten würden ? Er beschloß dies zu tun. Er kehrte auf die Straße zurück, trollte langsam dahin. Nach einiger Zeit kam ihm ein Mensch entgegen, der nach der Beschreibung der Pferde ein Mann sein mußte. Sie hatten ihm nämlich gesagt, daß es zwei Sorten Menschen gebe, Männer und Frauen. Man könne sie leicht unterscheiden, denn Männer trügen Hosen und hätten Bärte, während Frauen Röcke trügen und keine Bärte hätten. Frauen seien im allgemeinen auch weitaus ängstlicher als Männer.

Der Wolf musterte den Mann scharf, tat aber so als würde er ihn gar nicht beachten. Der Mann hatte ihn mittlerweile bemerkt, begann unruhig zu werden und auf ihn zu starren. Der Wolf wich etwas zur Seite hin aus, so daß er in etwas größerem Abstand an dem Mann vorbeilaufen mußte. Der Mann beruhigte sich daraufhin etwas, wich aber trotzdem ein großes Stück zur entgegengesetzten Richtung hin aus, starrte dabei weiterhin den Wolf an.

Der Wolf kannte dieses Verhalten von den Tieren in der Steppe, wenn sie ihm begegneten. Der Rabe hatte ihm einmal erklärt, dieses Verhalten nenne man Angst.

Ohne den Mann weiter zu beachten trabte der Wolf an ihm vorbei.

Die Begegnungen mit den Menschen häuften sich. Manche zeigten mehr, manche weniger Angst. Es war aber nicht so, daß große, stark wirkende Menschen weniger Angst gezeigt hätten als kleine, schwächliche. Das wunderte den Wolf anfänglich, er schloß aber schließlich daraus, daß umgekehrt mickrige Menschen nicht unbedingt weniger gefährlich sein mochten als hünenhafte.

Gegen Abend erreichte er einen Fluß, doch die Straße endete nicht an seinem Ufer, sondern setzte sich als ein hölzerner Weg fort, der so stabil war, daß sogar Fuhrwerke auf ihm fahren konnten.

Der Wolf überquerte den Fluß. Auf der anderen Seite erblickte er eine seltsame, steil aufragende Felswand. Bei näherer Betrachtung stellte er aber fest, daß sie nicht aus einem einzigen Stein bestand, wie die Felswände, die er kannte, sondern, daß sie aus kleinen Felsbrocken zusammengesetzt war, zwischen denen sich eine harte, weiße Masse befand.

„Das muß die Stadtmauer sein, von der die Pferde erzählt haben", dachte der Wolf.

Dort, wo der hölzerne Weg am anderen Flußufer endete, befand sich eine große Lücke in der Mauer.

„Dahinter muß die Stadt liegen", sagte der Wolf zu sich selbst, „die geheimnisvolle Welt, welche ich kennenlernen will."

Die Sonne war bereits untergegangen und der Wolf war vom langen Marsch ermüdet. Er entschloß sich daher, auf dem hölzernen Weg über den Fluß zurückzugehen, sich einen Schlafplatz zu suchen und die Erkundung der Stadt am nächsten Tag zu beginnen.

Er erwachte im Morgengrauen, spürte Hunger. Er lief ein Stück ins Feld hinaus, erblickte nach kurzer Zeit eine größere Anzahl von Tieren mit hellem Fell. Sie glichen den Schafen, von denen es auf seiner Halbinsel zwischen den Flüssen einige gab. Er näherte sich ihnen, mußte aber bald feststellen, daß er nicht zu ihnen gelangen konnte, da eine seltsame Anordnung dünner, vertrockneter Büsche ihm den Weg versperrte. Der Wolf trabte die Buschreihe entlang, fand keine Lücke, gelangte bald wieder zu seinem Ausgangspunkt zurück. Der Wolf beäugte nun durch die seltsame Buschreihe hindurch die Lichtung. Sie erschien ihm nicht groß und so fragte er sich, wie es möglich sei, daß so viele Schafe auf einer so kleinen Weide genügend Futter finden konnten. Andererseits erschien ihm die Lichtung ein guter, sicherer Ort zum Schlafen. War sie vielleicht nur der Ruheplatz der Schafe? Dann mußte sie aber auch einen Zugang haben. Der Wolf umrundete die Buschreihe erneut, hielt diesmal schärferen Ausblick. Schließlich fand er eine Lücke, durch die er hindurchkriechen konnte. Sein Hunger war groß, so forschte er nicht weiter, sondern begnügte sich mit dieser Entdeckung. Er schlich sich auf die Lichtung, suchte sich ein kleines Schaf aus, klein genug um es durch die Lücke herausziehen zu können, schnappte es. Sein Erscheinen hatte die Schafe erschreckt; sie liefen wild durcheinander, blökten laut.
Nach wenigen Augenblicken erschienen zwei schwarze Tiere, die ihm ähnlich sahen und die er daher auch für Wölfe hielt. Beide waren allerdings etwas kleiner als er. Sie erschienen ihm böse, gaben wilde Laute von sich, rannten auf den Wolf zu. Dieser argwöhnte, daß sie ihm seine Beute entreißen wollten, überlegte daher nicht lange, rannte in Richtung eines nicht allzu entfernten Waldes davon.
„Es hat keinen Zweck mit ihnen zu kämpfen", sagte er sich, „ich müßte die Beute fallenlassen und während ich mich mit dem einen herumbalge schnappt sich der andere das Schaf und trägt es davon."
Die beiden kleinen Wölfe waren zwar ungestüm, er aber war trotz des Schafes im Maul schneller und erreichte bald den Wald. Seine

Verfolger waren weit zurückgeblieben. Er suchte sich ein ruhiges Plätzchen und während er das Schaf auffraß dachte er über die Angelegenheit nach.

Warum hatten ihm die beiden Wölfe aufgelauert und wollten ihm die Beute abjagen ? Sie waren beide kleiner als er, konnten daher leichter durch die Buschreihe kriechen und sich ein Schaf holen. Das war doch einfacher und ungefährlicher als mit einem großen, starken Wolf um die Beute zu streiten.

Ihm fiel keine rechte Antwort ein.

Er trabte in Richtung Fluß zurück, überquerte den hölzernen Weg, passierte die Lücke in der Mauer, betrat die Stadt.

Niemand beachtete ihn, niemand achtete auf ihn; so wäre er beinahe von einem Fuhrwerk überrollt worden.

Er durchstreifte die Stadt, sah viele merkwürdige Dinge, die er nicht begreifen konnte. Er merkte aber bald, daß die Stadt von den Menschen beherrscht wurde. Außer ihnen durften nur wenige Wesen frei herumlaufen. Alle anderen waren an Schnüren festgebunden, mußten dahingehen, wohin die Menschen sie zogen. Das galt auch für die meisten größeren und kleineren den Wölfen ähnelnden Tieren. Selbst Vögel wurden oft in einem seltsamen Geflecht aus dünnem Holz gefangen gehalten. Außer zahlreicher struppiger, wolfsähnlicher Wesen durften Tiere, die wie die Katzen aussahen, welche vereinzelt auf der Halbinsel herumstreunten, aber kleiner waren, sowie Ratten und Mäuse, die hier in riesigen Scharen auftraten, frei herum laufen.

Den Wolf erstaunten die seltsamen Gebaren, welche die Menschen zeigten und die merkwürdigen Gegenstände, die sie besaßen. In der Absicht, all dies zu verstehen, näherte er sich das eine oder andere Mal einem Menschen um ihn zu fragen. Doch er konnte nichts in Erfahrung bringen, denn entweder zeigten die Menschen Angst vor ihm oder sie antworteten in einer Sprache, die er nicht verstand.

Mit den anderen Tieren Kontakt aufzunehmen erwies sich ebenfalls als schwierig, Ratten und Mäuse stoben auseinander wenn er sich näherte, die den Katzen ähnlichen Wesen zeigten sich feindlich. So blieben nur die wolfsähnlichen; die hatten aber wenig Interesse an einer Unterhaltung; sie stritten sich ständig untereinander und waren nur aufs Fressen aus. Schließlich gelang es ihm aber doch, einen kleinen Wolf in ein kurzes Gespräch zu verwickeln.

„Was geht hier vor ? Was hat das alles zu bedeuten ? Wer seid ihr ? Warum seht ihr alle so unterschiedlich aus, während sich Katzen und Ratten alle gleichen ?"

Der Kleine verstand nicht so recht.

„Wir Hunde sehen alle anders aus. Das war schon immer so. Du siehst doch auch anders aus als ich. Oder etwa nicht ?"

Sie waren also keine Wölfe, nannten sich ‚Hunde'. Darüber hinaus erfuhr er nicht viel, denn der Hund war offensichtlich sehr dumm. Er erzählte ihm lediglich noch, daß die Menschen sie als ‚Streuner' bezeichneten, weil sie keine Herren hatten. Sie seien den ganzen Tag unterwegs um Fressen zu finden, würden überall von den Menschen weggejagt und nur im Stadtpark, einem großen Gebiet zwischen den Häusern, in dem es Wiesen und Büsche gibt, fänden sie Ruhe. Über das seltsame Gebaren der Menschen und die Gegenstände, die sie besaßen, erfuhr er von dem kleinen Hund nichts, außer, daß die meisten Gegenstände geeignet waren um die Hunde zu schlagen.

„Ja", begann er dann zu klagen, „wir Streuner müssen ständig vor den Menschen auf der Hut sei, sonst erhalten wir Schläge. Wie gut haben es dagegen die Hunde, die im Dienste der Menschen stehen. Sie erhalten gutes Futter, werden gestreichelt, dürfen in warmen, trockenen Stuben auf weichen Decken schlafen. Das ist doch ungerecht."

Der Wolf verstand das alles nicht so ganz. Auf der Halbinsel hatte er seine Höhle, aber er schlief auch oft im Freien, wenn er unterwegs war. Warme, trockene Stuben und weiche Decken kannte er nicht. Was war daran gut ?

Der Wolf hatte aus dem Gespräch aber auch erkannt, daß hier auf den Straßen, wo die Hunde ständig vor den Menschen auf der Hut sein mußten, es wohl kaum möglich sein werde, etwas Näheres über die Menschen zu erfahren. Vielleicht war das im Stadtpark, wo die Hunde Ruhe fanden, eher möglich. Er begab sich dorthin. Als es dunkel wurde, versammelte sich tatsächlich hier eine große Meute Hunde, sie waren aber müde, erwiesen sich hier als ebenso wenig gesprächig wie in den Gassen. Und sie waren alle dumm. Über die Menschen erfuhr er nur sehr wenig, was über das hinausging, was ihm bereits der Kleine mitgeteilt hatte. Er mußte also die Geheimnisse selbst ergründen. Das würde aber nicht so einfach werden.

Am nächsten Tag durchstreifte er die Stadt erneut, blieb des öfteren stehen um die Menschen genauer zu betrachten, machte dabei eine seltsame Beobachtung. Solange er dahintrottete beachtete ihn niemand. Blieb er aber stehen, so erschien bald ein Mensch mit einem Gegenstand um auf ihn einzuschlagen und dabei Worte zu rufen, die böse klangen. Anfangs hatte der Wolf dann die Zähne gefletscht und zu knurren begonnen. Dann fingen aber die Menschen an laut zu schreien und sofort erschienen zwei Männer mit Donnerstöcken und er mußte sich schleunigst verziehen. Einmal, als er nicht schnell genug war, hatten einer seinen Donnerstock auf ihn gerichtet und es donnern lassen. Es gab nur eine einzige Möglichkeit die Menschen ungestört zu beobachten: sich unter einen Busch zu legen, wo ihn niemand sah. Davon gab es aber nur wenige in der Stadt, und die meisten standen an Stellen, wo nichts interessantes geschah.

„He, was machst du da eigentlich? Liegst hier schon lange unter dem Busch auf der Lauer", ertönte es mit einem Male über ihm. Der Wolf blickte nach oben und gewahrte eine alte, fette Katze.

„Ich will die Gebaren der Menschen kennenlernen, ihre Geräte, die sie bauen und den Zweck, den sie haben."

Die Katze blickte ihn schief an.

„Ich lebe schon lange hier und noch nie hat sich ein Hund für so etwas interessiert. Ich übrigens auch nicht."

„Ich bin aber kein Hund, sondern ein Wolf aus der Steppe."

Die Katze blickte gelangweilt.

„Hund, Katze, Wolf, Esel ..., kein Tier interessiert sich für die Gebaren der Menschen, von den Krähen abgesehen. Ja, wenn du etwas über die Menschen erfahren willst, dann mußt du die Krähen fragen."

„Und wo finde ich die?"

„Überall", sagte die Katze, „ihre Nester haben sie in den hohen Eichen am Fluß."

„Vielen Dank", antwortete der Wolf.

Am nächsten Morgen lief der Wolf zu den Eichen am Fluß. Dort saßen auf den Ästen zahlreiche Schwarzvögel, die dem Raben aus der Steppe ähnelten, aber kleiner waren.

„Seid ihr die Krähen?" rief er ihnen zu.

„Wer sollten wir denn sonst sein, du Dummkopf?" lautete die Antwort.

Er versuchte nun näheren Kontakt zu den Krähen aufzunehmen, was ihm nach einigen Versuchen auch gelang. Die Krähen machten zunächst Witze und verlachten ihn, als sie von seinem Ansinnen hörten. Doch als er hartnäckig blieb erkannten sie, daß er es ernst meinte und sie ein Geschäft aus seinem Ansinnen machen konnten

„Wenn du uns genügend Fleisch bringst, dann erklären wir dir alles", sagten sie.

„Gut", sagte der Wolf, „ich werde morgen wieder kommen."

An Nahrung hatte es ihm bisher nicht gemangelt. Im Stadtpark trieb sich eine Anzahl großer Vögel herum, die Hühner genannt wurden. Sie waren dumm und ließen sich leicht fangen. Das hatte ihm heute den Marsch zu der Schafslichtung erspart. Die Krähen würden sich mit einem Huhn allerdings nicht zufrieden geben. Er mußte schon ein Schaf holen um ihre Gier zu befriedigen. Also begab er sich in der nächsten Morgendämmerung zu Lichtung, fand die Lücke durch die merkwürdige Buschreihe, riß ein Schaf, zerrte es heraus aufs freie Feld. Und wieder tauchten die kleinen Wölfe auf, verfolgten ihn, ohne ihn jedoch einzuholen.

Den Krähen gefiel die Beute.

Der Wolf begann zu reden, er erzählte sein Abenteuer, fragte, was die merkwürdige Buschreihe bedeutet, warum die Schafe auf der kleinen Lichtung genügend Futter fänden, warum die beiden schwarzen Wölfe auf der Lauer lägen und ihm die Beute streitig machen wollten.

Die Krähen lachten zunächst, dann begann eine von ihnen zu reden.

„Also, was du gesehen hast ist keine Buschreihe sondern ein Zaun und die Lichtung nennt man einen Pferch. Die Schafe gehören einem Menschen, den man Schäfer nennt und die beiden schwarzen ,Wölfe' sind Hunde, die im Dienst des Schäfers stehen und die Herde bewachen. Sie verfolgten dich nicht um dir die Beute zu entreißen, sondern weil du ein Schaf gestohlen hast und sie wollten dich bestrafen. Die Schafe bleiben auch nur nachts im Pferch, tagsüber führt sie der Schäfer über die Weiden, wo sie genügend Futter finden."

„Und wozu braucht der Schäfer die vielen Schafe ? Er kann sie doch nicht alle fressen."

„Nein", antwortete eine andere Krähe, „die Menschen nennen das übrigens ,essen' und nicht ,fressen'. Also, Schafffleisch essen viele Menschen gern. Daher tauscht der Schäfer des öfteren ein Schaf gegen kleine Silberstücke ein, welche die Menschen als ‚Geld' bezeichnen. Dieses tauschen nennen die Menschen ‚kaufen' oder ‚verkaufen'. Und das Geld kann der Schäfer dann wiederum gegen Dinge eintauschen, der er braucht. Verstehst du das?"

Der Wolf nickte.

„Die Schafe bringen dem Schäfer aber noch mehr Nutzen", erklärte nun eine dritte Krähe mit feierlicher Mine, „man kann nämlich aus der Milch der Schafe eine Speise bereiten, die sehr lecker ist. Wir stehlen sie oft. Die Menschen nennen sie ‚Käse'. Aber das ist noch nicht einmal das Wichtigste. In jedem Frühjahr schneidet der Schäfer den Schafen die Haare ab und verkauft sie. Andere Menschen machen daraus ein Garn, das sie ‚Wolle' nennen. Und daraus fertigen wieder andere Sachen, welche die Menschen sich umhängen und ‚Kleidung' nennen. Du mußt nämlich wissen, die Menschen haben weder Federn noch ein Fell. Deshalb frieren sie wenn es kalt ist. Und da müssen sie sich eben wärmende Dinge umhängen. Verstehst du?"

Der Wolf dachte an die merkwürdigen Felle der Jäger auf seiner Halbinsel. Das mußte Kleidung gewesen sein.

„Noch etwas", sagte die Krähe, „du solltest dort keine Schafe mehr holen. Der Schäfer wird dir auflauern. Er hat einen Feuerstock, aus dem er kleine Metallkugeln herausschleudern kann. Und wenn dich eine davon richtig trifft, dann bist du tot."

„Ist das so ein Donnerstock, den die Menschen auf einen richten und es dann donnern lassen. Und der Donner schlägt einen dann so heftig, daß man blutet."

Die Krähen lachten.

„Ja, so ist es. Es ist aber nicht der Donner, der dich verletzt oder gar tötet, das sind die kleinen Metallkugeln. Die Menschen nennen die Donnerstöcke Gewehre oder auch Flinten und das Herausfliegenlassen der Metallkugeln nennen sie schießen."

„Im Wald gibt es genügend Rehe; die sind leicht zu jagen", riet nun die erste Krähe, „du mußt dich nur vor einem Mann hüten, den sie Jäger nennen. Der wird auf dich schießen. Aber der ist nicht immer im Wald."

Das war der Beginn.

Anfangs berichteten die Krähen abwechselnd über die Gebräuche der Menschen, über ihre Künste, beschrieben die Gegenstände, die sie besaßen, sowie deren Zweck und der Wolf hörte meist nur zu. Nach einigen Wochen aber meldete er sich immer öfters zu Wort, schilderte seine Erlebnisse und Beobachtungen und bat die Krähen, ihm zu erklären was er nicht verstand. Die Krähen blieben ihm keine Antwort schuldig.

Der Unterricht begann üblicherweise kurz nach Sonnenaufgang und dauerte bis zum Mittag.

Bereits in den ersten Tagen hatte sich der Wolf über die umfassenden Kenntnisse der Krähen gewundert und sich gefragt, warum sie so viel wußten, während die anderen Tiere durchweg dumm waren. Aber erst nach einigen Wochen getraute er sich sie zu fragen. Die Krähen lachten laut, verrieten zunächst aber nichts. Endlich sagte eine:

„Weil wir die einzigen Tiere sind, welche die Menschensprache erlernen können und wir die Menschen daher verstehen. Die Menschen haben auch seltsame Zeichen, die sie meistens auf Papier malen. Mit denen können sie aufzeichnen, was sie wissen, denken, sagen. Sie nennen das ‚schreiben'. Andere Menschen, die gelernt haben, diese Zeichen zu deuten, sie nennen das ‚lesen', erfahren dann, was der andere aufgeschrieben hat ohne mit ihm sprechen zu müssen. Auf diese Art und Weise kann man Nachrichten in weit entfernte Städte schicken oder erfahren, was Menschen, die schon lange tot sind, gesagt und gedacht haben."

Die Krähe verzog den Schnabel, so daß es aussah als grinse sie.

„Einige Krähen, ich gehöre darunter, haben sogar lesen gelernt."

„Aber", wandte der Wolf ein, „wenn ihr soviel wißt, warum könnt ihr nicht die gleichen Dinge tun wie die Menschen?"

„Du bist noch immer ein Dummkopf", sagte die Krähe traurig, „um das zu tun braucht man Hände. Wir haben aber nur Flügel und Füße mit Krallen."

Die warme Jahreszeit näherte sich allmählich ihrem Ende. Den Wolf, der den Wechsel der Jahreszeiten gewohnt war und Zeiten der Kälte und des Frierens als einen natürlichen Teil seines Lebens ansah, kümmerte das wenig. Ihm machten andere Umstände Sorgen. Bisher hatte er in den Hühnern im Stadtpark eine leichte Beute gefunden; doch die Hühner wurden allmählich rar. Ihre Anzahl war nur begrenzt und er hatte die meisten bereits gefressen. So mußte er nun morgens oft hungrig in den Wald traben und zwei Rehe jagen, den eines mußte er ja den Krähen als Lohn abliefern. Und dies wurde auch immer schwieriger, da sich die Rehe wegen der Gefahr, die für sie von ihm ausging, tiefer in den Wald zurückgezogen hatten und er immer mehr Zeit für die Jagd aufbringen mußte. Und so blieb dann weniger Zeit für den Unterricht. Schließlich kam er zur Ansicht, nun genug über die Menschen erfahren zu haben und er verabschiedete sich von den Krähen. Den Wald suchte er nun nur noch alle zwei bis drei Tage auf, fraß sich dann richtig voll, versuchte zwischendurch in der Stadt irgendwo etwas Freßbares aufzutreiben um den ärgsten Hunger zu stillen.

Es war ein naßkalter Morgen. Der Wolf fror und war hungrig. Auf der Suche nach Futter durchstreifte er die menschenleeren Gassen der Vorstadt. Irgendwann kam ihm eine Frau entgegen. Sie war zierlich und hatte blondes, lockiges Haar. Der Wolf wunderte sich, daß sie keine Furcht zeigte, nicht davonlief sondern näher kam.
„Du armer Kerl, du hast sicher argen Hunger", sagte sie mit sanfter Stimme.
Der Wolf verstand ihre Worte nicht, spürte aber ihre Freundlichkeit. Sie öffnete ihre Tasche, zog eine große Wurst hervor.
„Hier, die ist für dich."
Der Wolf näherte sich ihr vorsichtig, nahm das dargebotene Futter. Die Frau lächelte, sah ihm zu, wie er langsam die Wurst fraß. Er gab sich alle Mühe, sie nicht gierig zu verschlingen, denn er wollte sich nicht wie ein wildes Tier benehmen, um die nette Frau nicht zu erschrecken. Dann ging sie weiter. Der Wolf blickte ihr nach bis sie hinter der nächsten Kurve verschwunden war. Er begann nachzudenken. Nein, solange er in der Stadt war, hatte er solches noch nicht erlebt. Die Menschen, welche ihm bisher begegnet waren, zeigten entweder Furcht oder sie wirkten böse. Doch diese Frau war anders. Weshalb ?
Eine Erklärung hierfür fiel ihm nicht ein. Nachdenklich trabte er weiter in den Park in der Mitte der Stadt. Er legte sich unter einen Busch, begann zu träumen.
Anfangs hatte er es gar nicht bemerkt, erst nach und wurde ihm ein seltsames Gefühl bewußt, das er vorher noch nie verspürt hatte und dabei konzentrierten sich seine Gedanken mehr und mehr auf die

fremde Frau. Er sehnte sich danach, sie wieder zu treffen, mit ihr zusammen zu sein, von ihr gestreichelt zu werden und ihr Gesicht und Hände abzulecken. Er wunderte sich darüber um so mehr, da er, so sehr er auch nachdachte, noch niemals in seinem Leben ein derartiges Begehren verspürt hatte. Das mußte mit der Stadt zusammenhängen, denn in der Steppe gab es offenbar so etwas nicht. Nein, sagte er sich dann nach einigem Nachdenken, an der Stadt kann das nicht liegen, ich bin ja schon einige Zeit hier und hätte es daher schon früher spüren müssen. Und so schloß er schließlich, daß dieses Gefühl mit der Frau zusammenhängen müsse. Ihm waren zwar auch bereits viele Frauen begegnet, aber die waren alle böse zu ihm gewesen, hatten ihn fortgejagt oder hatten ihn gar nicht beachtet. Diese nun war die erste, die gut zu ihm war. Und er war bisher immer alleine gewesen, in der Steppe sowieso und auch hier mieden ihn die anderen Tiere weitgehend. Einsamkeit war daher für ihn die Normalität seines Lebens gewesen. In der Steppe hatte er nie darüber nachgedacht, da er der Jäger und die anderen Tiere für ihn nur Beute waren. Und daraus schloß er, daß sich die anderen Tiere nur zum Schutz gegen ihn zusammentaten. Erst hier in der Stadt hatte er in den Hundemeuten Gemeinschaften kennengelernt, die nicht aus Furcht vor ihm entstanden sein konnten. Diese wollten ihn allerdings nicht aufnehmen, weil er ein Wolf war, wie er meinte. Es gab auch noch andere Gemeinschaften zwischen einzelnen Tieren, welche ihren Grund in einem seltsamen Verhalten zueinander haben mußten, das er allerdings nicht verstand. Und bei den Menschen war ähnliches zu beobachten. Erst da wurde er sich bewußt, daß er einsam war. Und nun schien er eine Erklärung zu haben. Es mußte mit dem Gefühl, das er nun empfand zusammenhängen. Und je länger er darüber nachdachte, desto sicherer wurde er, daß seine Vermutung richtig war. Und das stimmte ihn froh. Einsamkeit war also nicht sein Schicksal. Es gab ein Gefühl, das zur Beendigung der Einsamkeit führte. Und dieses Gefühl spürte er in sich. Es war wie ein schwacher, ferner Lichtschein in der Finsternis. Aber es gab ihn und er würde sich diesem Licht nähern und es schließlich erreichen.

Und diese Sicherheit in sich spürend, ertrug er die Realität der Tage um so leichter.

Diese spiegelte sich zum einen im Verhältnis zu den anderen Tieren wieder. Die Katzen hatten sich von Anfang an ihm gegenüber fast ausschließlich feindlich verhalten. Aber auch bei den Hunden steigerte sich die Ablehnung mit der Zeit immer mehr. In der Tat hatten sie ihn bereits am ersten Tag in der Stadt beargwöhnt und waren ihm großteils aus dem Weg gegangen. Der Wolf glaubte damals, es liege daran, daß er größer war als die meisten anderen Hunde, daß er fremd war, ihre Gebräuche nicht kannte und sie daher vielleicht Angst vor ihm hätten. Er glaubte damals, das würde sich bei näherem Beschnuppern legen. Doch es kam anders. Je länger er in der Stadt weilte, desto mehr mieden sie ihn. Nachts, wenn er sich im Stadtpark schlafen legte, rückten die in der Nähe liegenden Hunde weiter weg. Tagsüber, wenn er einer Gruppe begegnete, gab die ihm zu verstehen, daß er sich ihr nicht anschließen, sondern weiter ziehen solle. Was anfangs nur Ablehnung war, steigerte sich allmählich zur Feindschaft. Man gab ihm überall zu verstehen, daß er unerwünscht war. Zunächst war es nur böses Anknurren wenn er in der Nähe eines Rudels auftauchte; bald kamen aber dann mehrere Hunde auf ihn zu, fletschten die Zähne, drohten, sich auf ihn zu stürzen, wenn er nicht verschwände. Doch dabei beließen sie es nicht.

Er hatte gelernt, daß es selbst in den geschäftigsten Stadtvierteln Nischen und Ecken gab, die kaum ein Mensch betrat. Legte er sich dorthin, so konnte er das Treiben beobachten ohne daß jemand Notiz von ihm nahm. Die anderen Hunde gönnten ihm nicht einmal dies, versuchten ihn von diesen Orten zu vertreiben, bissen, zerrten, knurrten.

Als dies keinen Erfolg mit sich brachte, begannen sie ein furchtbares Gezeter und Geheule sobald sie ihn entdeckten, so daß die Menschen aufmerksam auf die Meute wurden, mit allerlei Gegenständen herbeieilten um die Hunde zu vertreiben.

Legte er sich dann wieder an diesen Ort, so begann das Spiel aufs Neue. Spätestens beim fünften Male vertrieben ihn die Menschen dann gleich wieder wenn er auftauchte um so den Radau von Anfang an zu vermeiden.

So streifte er rastlos umher, stets auf der Suche nach einem ruhigen Beobachtungsplatz, denn er wollte noch mehr über die Gebräuche der Menschen und der Tiere erfahren.

Sie vertrieben ihn auch vom Hundeschlafplatz im Stadtpark. Anfangs hatten sie es noch hingenommen, daß er, wenn auch in einiger Entfernung von den Rudeln, dort nächtigte. Dann ließen sie auch das nicht mehr zu. Nachdem sie mit Kläffen und Zähnefletschen keinen Erfolg hatten, versuchten sie es mit einer anderen Taktik. Sobald er eingeschlafen war, kam ein Hund an ihn heran schubste oder biß ihn leicht, so daß er aufwachte. Der andere war derweil in der Dunkelheit verschwunden. Legte er sich wieder hin, begann das Spiel von neuem.

An Schlafen war unter diesen Umständen nicht zu denken; so zog er sich schließlich in eine Ecke, weit von den anderen entfernt zurück.

Da die Hunde fast alle kleiner und schwächer waren als er, beließen sie es üblicherweise mit den oben beschriebenen Attacken. Sie vermieden einen direkten Kampf, auch wenn sie zu mehreren angriffen. Denn im Grunde waren sie feige und zu groß war ihre Furcht, der Wolf könne während des Streites den einen oder anderen von ihnen zerreißen.

Eine Ausnahme machte die große Bulldogge. Sie war bösartig, führte ein kleines Rudel aus schwachen Hunden an, die ihr dienten und dafür ihren Schutz genossen. Die anderen Hunde fürchteten sie, mieden ihre Nähe so gut es ging. Die Bulldogge erachtete dies als Zeichen des Respektes und ihrer Macht, wenn die Hunde bei ihrem Auftauchen wild davon stoben. Die Bulldogge hatte sich lange gar nicht um den Wolf gekümmert, war ihm aus dem Wege gegangen. Dieser mächtige Hund aus der Steppe war ihr im Grunde unheimlich, sie hatte sogar eine kleine Portion Angst vor ihm. Es traf sich daher gut für sie, daß die Meuten ihm zusetzten, denn, so verkündete sie, wenn die gewöhnlichen Hunde mit ihm fertig würden, dann brauche sie sich nicht um ihn zu kümmern.

Doch dann ereilte sie ein Mißgeschick. Als sie sich wieder einmal mit einer gestohlenen Schweineseite davonmachen wollte, stellte sich ihr ein Metzgergeselle in den Weg. Der war ein Hüne, führte einen Spaten in der Hand, den er auf der Suche nach einer Waffe gefunden hatte. Mit dem hieb er nun, ihren Angriffen geschickt ausweichend, mit aller Kraft auf die Bulldogge ein. Und er hätte sie wohl auch erschlagen, wenn die Meisterin, die ein mitfühlendes Herz hatte und den Hunden oft die Schlachtreste gab, ihn nicht zurückgehalten hätte. Aus vielen Wunden blutend schlich sich die Dogge davon. Schlimmer als die Wunden war die Verletzung ihrer Ehre, die Schande vor versammelter Meute so übel zugerichtet worden sein. Sie glaubte, daß nun alle Hunde den Respekt vor ihr verloren hätten und sie daher nun etwas tun müsse um ihre Autorität wieder herzustellen. Das konnte nur auf eine Weise geschehen, sie mußte den großen Hund aus der Steppe in einem Kampf auf Leben und Tod besiegen. Als sie nach zwei Woche wieder genesen war, schritt sie zur Tat.

Der Wolf hatte diesen Vorfall gar nicht zur Kenntnis genommen, er interessierte sich mittlerweile überhaupt nur wenig für das Studium der Gebräuche der Menschen. Die freundliche Frau hatte sein Denken völlig eingenommen; er durchstreifte täglich die Stadt auf der Suche nach ihr, allerdings vergeblich. Nach Stunden des Herumlaufens war er dann müde, legte sich irgendwo in ein Gebüsch.
Eines Tages wurde er unsanft von einer Hundemeute gestört. Die Hunde forderten ihn auf herauszukommen und als er nicht gleich reagierte, krochen einige ins Gebüsch und schnappten nach ihm.
Die große Dogge wartete schon.
„Bevor du kamst, konnten wir hier in Frieden mit den Menschen leben. Doch seitdem du hier bist herrscht Feindschaft. Du stiehlst, du raubst, fällst Menschen an und verletzt sie. Und das trifft uns jetzt alle. Die Menschen machen Jagd auf uns und wir haben bald keinen Ort mehr wo wir bleiben können."
„Das ist nicht wahr", entgegnete der Wolf, „ich raube nicht, stehle nicht mehr als ihr und ich habe noch nie einen Menschen angefallen. Ich habe auch nicht den Eindruck, daß die Menschen Jagd auf euch machen. Alles was du sagst sind Lügen."
„Was ich sage ist wahr, weil ich bestimme, daß es wahr ist !" erwiderte die Dogge zornig, „und darum mußt du jetzt mit mir kämpfen und wirst sterben. Denn erst wenn die Menschen deinen Kadaver sehen wird wieder Frieden einkehren."
Die Dogge raste wutentbrannt auf den Wolf los. Sie war aber dick und schwerfällig, der Wolf dagegen schlank und behende. Ihm fiel es nicht schwer, ihren Angriffen und Bissen auszuweichen und ihr andererseits tiefe Wunden an den Beinen und am Körper zuzufügen. Die schmerzenden Wunden machten die Dogge noch zorniger, sie verlor aber in ihrer Wut die Kontrolle über sich selbst und stürmte

nur noch blindlings auf den Wolf ein. Der schaffte es, sie am Hals zu fassen und sich dort festzubeißen. Unter Aufbietung aller Kräfte konnte die Dogge ihn schließlich abschütteln und die Flucht ergreifen. Als die anderen Hunde das sahen, stürmte die gesamte Meute auf den Wolf ein, der nicht imstande war sich ihrer zu erwehren und daher übel zugerichtet wurde. Nach einiger Zeit gelang es ihm aber doch, sich aus dem Wust der Hunde zu befreien und das Weite zu suchen. Die Köter waren allerdings zu sehr in Kampfeswut um dies sofort zu bemerken. Und so bissen sie sich nun gegenseitig, bis sie schließlich aus Erschöpfung den Kampf aufgaben.

Der alte Wolf zog sich in den Wald zurück und suchte sich ein Versteck um seine Wunden zu lecken. Nach zwei Tagen gelang es ihm ein altes Reh zu schlagen, das er in seinen Unterschlupf schleppte. Jetzt hatte er genügend Nahrung für die nächste Zeit und konnte ausruhen.

Er hatte nun Zeit über seine Erlebnisse und Erfahrungen in der Stadt nachzudenken. Es gab da die herrenlosen Tiere, die Streuner - Hunde. Ratten, Mäuse und Vögel zählte er nicht. Die lebten unter eher elenden Bedingungen, mußten sich mit den Brocken, die man ihnen zuwarf begnügen oder stehlen. Sie hatten keine Höhlen, mußten in Büschen oder unter Sträuchern schlafen.

Und dann gab es die Tiere, welche den Menschen unterstanden. Ihre Lebensbedingungen unterschieden sich gewaltig. Und er hatte auch eine Rangordnung unter ihnen feststellen müssen. Eine Gruppe mußte dem Menschen dienen, mußte hart arbeiten, erhielt nur geringen Lohn, während eine andere Gruppe ein bequemes Leben führte. Der ersten Gruppe, den Arbeitstieren, gehörten vornehmlich die Pferde an, welche als Reittiere Verwendung fanden oder die Fuhrwerke und die Kutschen ziehen mußten, in denen die Menschen ihre Güter transportierten oder in ihnen umherfuhren. Die Reitpferde, meist auch schlank und wohl gebaut, blickten verächtlich auf die Zugpferde herab, wobei andererseits die schlanken Kutschenpferde sich den meist dicken Fuhrwerkspferden überlegen fühlten und diese oft herablassend als Gäule bezeichneten. Diese wiederum erhoben sich über die Ochsen und Esel. Die Ochsen waren dumm, plump und schwerfällig; sie zogen auch nur alte, meist primitiv wirkende Wagen, auf denen meistens Mist aus der Stadt heraus und Steine in die Stadt hinein transportiert wurden. Die Esel waren kleiner, grau und hatten lange Ohren. Sie galten als ebenso dumm wie die Ochsen, waren aber wesentlich schwächer und konnten daher nur leichte Wagen ziehen oder geringe Lasten tragen.

Es gab da noch andere Tiere, Kühe, Ziegen und Schweine, die der Wolf bisher allerdings kaum zu Gesicht bekommen hatte, da sie in Gebäuden gehalten wurden, die man Ställe nannte. Kühe und Ziegen mußten Milch liefern, welche die Menschen zum Teil tranken, zum Teil zu Speisen verarbeiteten, die sie Butter und Käse nannten. Die Schweine wurden gefüttert bis sie fett genug waren; dann wurden sie geschlachtet. Ihr Fleisch wurde zum Teil direkt gegessen, zum Teil zu Würsten verarbeitet. Geschlachtet und gegessen wurden auch Kühe und Ziegen, wenn sie zur Milcherzeugung nicht oder nicht mehr gebraucht wurden. Nach welchen Regeln manche geschlachtet wurden, andere Milch liefern mußten, hatte der Wolf bisher nicht in Erfahrung bringen können.

Dann gab es die Hunde. Sie ließen sich in zwei Gruppen einteilen; zum einen die großen und starken Hunde, die sehr stolz waren. Auf sie war Verlaß. Sie bewachten Hab und Gut der Menschen, vertrieben Diebe und verteidigten ihre Herren, denen sie aufs Wort gehorchten, gegen Räuber. Die andere Gruppe setzte sich aus meist kleinen Hunden, die oft herausgeputzt waren, zusammen. Sie hatten keine Arbeit zu verrichten außer mit Kindern zu spielen oder ihren Herrinnen oder Herren bei deren Spaziergängen Gesellschaft zu leisten. Sie waren diejenigen unter den Tieren, die von den Menschen am besten behandelt wurden und waren daher allesamt hochnäsig und blickten, obwohl sie schwach waren, sogar auf die Wachhunde herab. Dies führte zu Eifersüchteleien und es kam des öfteren vor, daß ein erboster Wachhund so ein Schoßhündchen, wie sie die Kleinen nannten, tot biß. Dann war das Geplärre unter den Menschen groß.

Die Katzen dagegen führten ein ungebundenes Leben. Sie waren bei den Menschen geachtet, da sie Ratten und Mäuse fingen. Das waren die Tiere, welche die Menschen am meisten haßten. Die Jagd war oft sehr schwierig, deshalb brauchten die Katzen auch größtmögliche Freiheit. Die Menschen hatten dies wohl schon vor langer Zeit eingesehen, machten daher auch keine Anstalten die Katzen so zu beherrschen wie die anderen Tiere. Sie nahmen ihre Lebensweise hin und gaben ihnen Nahrung, insbesondere Milch, als Lohn für ihre Dienste.

Beherrscht wurde die Stadt allerdings von den Menschen. Alle Tiere hatten sich ihnen unterzuordnen. Und gelitten wurden von ihnen nur die Tiere, die ihnen dienten oder ihnen nützlich waren. Alle anderen wurden auf die eine oder andere Weise verfolgt, wie auch die Streuer, zu denen die Menschen auch den Wolf zählten. In der Tat wurden sie nicht nur regelmäßig überall verjagt, sondern von Zeit zu Zeit streiften auch dick vermummte, starke Männer, die man Hundefänger nannte, mit Fangleinen durch die Stadt und ergriffen jeden Hund, den sie erwischen konnten. Und niemand erfuhr, was mit den Gefangenen dann geschehen war. Es gab allerdings Gerüchte, nach denen die armen Tiere aus der Stadt gebracht und dann getötet wurden.
Aber auch unter den Menschen gab es zahlreiche unterschiedliche Gruppen. Manche wohnten in vornehmen, großen Häusern, andere in elenden Hütten. Die ersteren waren reich, wie sich die Krähen ausgedrückt hatten, die anderen arm. Und die Armen, man erkannte sie schon an ihrer schmutzigen und zerlumpten Kleidung, mußten den Reichen dienen, hart arbeiten und vielen erging es schlechter als den Pferden oder den Hunden. Die Reichen mußten nicht arbeiten und waren meist kostbar gekleidet; sie waren auch überwiegend diejenigen, die sich die Schoßhündchen hielten. Und dann gab es Menschen, die wohl weder arm noch reich waren. Die meisten besaßen kleine Läden, in den sie Waren verkauften, die allgemein gebraucht wurden. Viele stellten diese Waren selbst her. Das waren zum Beispiel Brot, Wurst, Kleidung, Sättel zum Reiten, Töpfe und Pfannen, in denen die Menschen sich ihre Nahrung zubereiteten, dann auch viele Geräte, welche die Menschen zu ihren Tätigkeiten benötigten. Das waren so viele, daß der Wolf sich nicht alle, die ihm die Krähen aufgezählt hatten, merken konnte. Es gab sogar einen Mann, der es verstand Gewehre zu bauen. Wieder andere bauten Häuser oder Möbel, mit denen die Menschen ihre Wohnungen ausstatteten.
Die Krähen hatten ja so viel erzählt und der Wolf hatte bisher nicht alles sehen können. So sollte es auch Gelehrte geben und Männer, die besondere Künste beherrschten, so das Malen von Bildern, das Schreiben von Gedichten oder Musik zu machen. Der Wolf hatte dies nur zum Teil verstanden, da er sich unter Gelehrsamkeit oder

Gedichten nur wenig vorstellen konnte. Bilder hatte er schon gesehen. Da waren auf Holz oder Leinwand Dinge zu sehen, die in Wirklichkeit gar nicht existierten. Der Wolf konnte darin keinen Sinn erkennen. Lediglich die Musikanten schätzte er; sie konnten mittels irgendwelcher Geräte Töne erzeugen, die oft sehr schön klangen.

Und da gab es noch eine Besonderheit; er hatte anfangs geglaubt, die Krähen würden nur ihren Scherz mit ihm treiben. Sie hatten ihm nämlich erzählt, die Menschen würden an ein Wesen glauben, welches die Welt erschaffen und ihnen ihre Ordnungsregeln gegeben hätte. Sie würden dieses Wesen Gott nennen. Dieser Gott lebe irgendwo hoch über der Erde in einem Land, das die Menschen Himmel nennen. Die Krähen zweifelten allerdings daran, daß es diesen Gott und den Himmel überhaupt gebe. Denn so hoch sie auch geflogen seien, sie hätten nichts dergleichen entdecken können. Aber die Menschen glaubten an ihn und hatten sogar mitten in der Stadt ein großes Haus gebaut, das sie Kirche nannten, in dem sie sich regelmäßig trafen um diesen Gott zu verehren. Der habe den Menschen auch gesagt, sie seien die höchsten Lebewesen und dürften daher über alle anderen Lebewesen, die sie Tiere nennen, herrschen und nach Belieben mit ihnen verfahren.

„Schon deshalb mögen wir diesen Gott nicht, wenn es ihn überhaupt gibt", sagte einmal eine Krähe.

Der Wolf war aber neugierig geworden und so hatte er einmal die Kirche aufgesucht als gerade so eine Verehrungsfeier stattfand. Sein Erscheinen hatte ein ziemliches Geschrei verursacht, das ihn furchtbar erschreckte. Zudem hatten einige Männer, die offenbar keine Angst vor ihm hatten, Stöcke, die sie mitführten, ergriffen und waren auf ihn losgegangen. Er hatte es daher vorgezogen zu fliehen.

„Du bist noch immer ein Dummkopf. Was konntest du auch anderes erwarten ? Gott ist schließlich nicht für die Wölfe da", meinte am nächsten Morgen eine Krähe als er von dieser Begebenheit erzählte.

Während der Wolf in seinem Versteck all dies so überdachte, fragte er sich natürlich auch, welchen Nutzen er für sich aus allem, was er in der Stadt gesehen und gelernt hatte, ziehen konnte.

Abgesehen von der freundlichen Frau waren die Menschen bisher schlecht zu ihm gewesen; die anderen Tiere lehnten ihn ab, viele haßten ihn sogar. Und es war schwierig für ihn, in der Stadt stets genügend Nahrung zu finden. Das war kein Ort, an dem er auf Dauer bleiben mochte. Er überlegte daher, ob er nach der Genesung überhaupt noch einmal in die Stadt zurückkehren solle. Er war ja doch nur ein Beobachter, der am Geschehen nicht teilnahm und auch nie teilnehmen würde. Er gehörte nicht dazu, war ein Fremder, ein Ausgestoßener. Und, konnte er über das, was er erfahren hatte, hinaus noch etwas Nützliches lernen. Er bezweifelte es. Doch dann mußte er wieder an die freundliche, blonde Frau denken und die Sehnsucht nach ihr ließ ihn die Entscheidung treffen, doch wieder in die Stadt zurückzukehren.

Nach vier Wochen war er soweit genesen, daß er in die Stadt laufen konnte. Er machte sich erneut auf die Suche nach der freundlichen, blonden Frau.
Die Dogge war zwei Tage nach dem Kampf verendet und die anderen Hunde gingen ihm aus Furcht aus dem Weg. Er andererseits vermied auch jede Begegnung mit ihnen.
So blieben ihm in seiner Einsamkeit als einziges Tröstliches und Schönes die Gedanken an die zierliche, blonde, freundliche Frau.
Einige Tage später erspähte er sie endlich. Sie sah ihn nicht. Er wich aus, versteckte sich hinter einer Hecke bis sie vorüber war. Dann folgte er ihr langsam. Sie ging noch eine Weile weiter, trat dann in ein kleines Haus am Stadtrand ein.
„Hier wohnt sie offenbar", dachte er, „ich werde mir den Ort gut merken. Vielleicht gibt sie mir wieder zu fressen, wenn ich Not leide."
Er wurde nicht enttäuscht, denn eine gute Woche später als er wieder einmal hungrig auf dem Gehsteig lag, trat sie aus dem Haus, erblickte ihn. Sie erkannte ihn.
„Ach, da bist du ja wieder. Ich sehe, du hast Hunger !" Sie ging ins Haus, holte ein Stück Fleisch. Er nahm es dankbar an. Und er gewann sie lieb. Gerne hätte er ihr das gezeigt, jedoch wußte er nicht, wie er ihr das kundtun sollte. Das stimmte ihn traurig.
Er hatte den Wunsch sie wiederzusehen. Er kam nun des öfteren zu dem Haus, verweilte stets längere Zeit davor, auch wenn es ihm gut ging. Oft legte er sich dann unter die Hecke auf der anderen Straßenseite, wartete bis sie das Haus verließ oder von einem Einkauf zurückkam. Er wollte nichts von ihr, sie nur ansehen. Er bemerkte ir-

gendwann, daß des öfteren ein Mann erschien, ins Haus ging, meist über Nacht blieb. Der Wolf überlegte. Im Haus mußte es trocken und warm sein, das hatten Häuser so an sich. Dies hatte er von den Hunden erfahren. Er zeigte sich der Frau. Sie war stets freundlich, gab ihm auch immer zu essen, nahm ihn aber nie ins Haus mit hinein. Das stimmte ihn traurig. Warum durfte der fremde Mann zu ihr, er aber nicht ? Das blieb ihm unverständlich. Sicher gab es einen Grund dafür. Würde er es erfahren ?

Er hatte auch bemerkt, daß die Frau und der Mann zuweilen am Abend das Haus zusammen verließen, ein Gasthaus oder ein Theater aufsuchten oder einfach nur im Stadtpark spazieren gingen und erst spät wieder zurückkehrten. Den Wolf stimmte dies nicht nur traurig sondern auch neugierig. Es mußte einen Grund dafür geben, daß die Frau den Mann ins Haus ließ, ihn aber nicht. Er beobachtete scharf, erkannte nach einiger Zeit, daß der Mann, zwar nicht immer, aber recht häufig, der Frau ein kleines Geschenk, meistens waren es Blumen, überreichte, wenn sie die Türe öffnete. Der Wolf schloß daraus, er müsse der Frau auch ein Geschenk mitbringen um ins Haus zu dürfen. Er trabte in den Park, suchte nach Blumen, aber es war Herbst und er fand keine.
„Vielleicht entdecke ich in der Stadt etwas", sagte er sich.
An diesem Tag fand der Markt statt. An einem Stand verkaufte ein Mann Blumen. Der Wolf blickte sich um. Die meisten Blumensträuße standen in Eimern auf der Theke, waren also schlecht zu schnappen. Hinter der Theke befanden sich aber einige Eimer voller Blumen in Reserve, die offenbar nicht mehr auf den Ladentisch paßten. Schnell schnappte der Wolf ein Bündel, rannte davon. Der Mann hatte es gar nicht bemerkt.
Der Wolf lief zu dem Haus der Frau, kratzte mit der Pfote an der Tür. Die Frau öffnet, erblickte das Tier mit den Blumen im Maul. Sie mußte lachen.
„Was gibt denn das ?" rief sie aus, „willst du dich für das Fressen bedanken ? Aber wie kommst du zu den Blumen ? Warte einen Moment."
Die Frau ging ins Haus, kehrte kurz darauf mit einem großen Knochen, an dem noch viel Fleisch hing, zurück.
„Hier hast du deine Belohnung."

Sie gab ihm den Knochen, ging ins Haus zurück, schloß die Tür. Der Wolf blieb verwirrt stehen. Er verstand nicht. Er hatte der Frau Blumen gebracht, genau wie der Mann. Jener durfte dann ins Haus, hatte niemals nur einen Knochen bekommen.

Was war der Grund für dieses unterschiedliche Verhalten?

Der Wolf trabte davon. Er war traurig und auch ein bißchen zornig. Er kaute auf dem Knochen herum, aber er schmeckte ihm nicht. Er vergrub ihn unter einem Busch.

Der Wolf überlegte lange. Er war bei Kräften, konnte jagen, war auf das Futter, das ihm die Frau gab, nicht angewiesen, mußte nicht betteln. Und so beschloß er schließlich, nicht mehr zu ihr hinzugehen. So ganz hielt er sich allerdings nicht fern. Er beobachtete das Haus weiterhin, blieb aber unter einem Busch versteckt. Ihm fiel auf, daß die Frau des öfteren aus dem Haus trat, einen Brocken Fleisch in der Hand, sich umschaute. Manchmal sprach sie auch einige Worte, die er zwar nicht verstand, die aber recht freundlich klangen. Er vermutete, daß sie ihm galten, die Frau ihn herbeilocken wollte. Ab und zu wurde er unsicher, war geneigt sich zu zeigen, zu der Frau hinzulaufen. Doch dann sagte er sich, daß dies ja doch nur ein leeres Spiel sei, eine Zeremonie ohne Bedeutung. Sie würde ihn niemals ins Haus lassen. Aber gerade das war für ihn wichtig. Und daher blieb er im Verborgenen. Nach einigen Wochen begann er dann auch am Sinn des Beobachtens zu zweifeln. Er erkannte, daß er damit nur seine Zeit vergeudete.

Die Stadt war groß und er hatte noch nicht alles kennengelernt. Und es erschien ihm sinnvoller herumzustreifen um vielleicht doch noch etwas Nützliches lernen anstatt faul unter einem Busch zu liegen und immer wieder das gleiche Schauspiel zu betrachten.

Monate verstrichen. Der Winter war vorüber, das Frühjahr kündigte sich an.

Eines Abends durchstreifte er ohne besondere Absicht den Park. Es war bereits dunkel. Die Nacht war klar und mild und es war noch zu früh um sich einen Platz zum Schlafen zu suchen. Dann bemerkte er die blonde, zierliche Frau. Sie war nicht allein, sondern schlenderte Arm in Arm mit dem fremden Mann den Weg entlang. Ab und zu blieben die beiden stehen. Dann umarmten sie sich, drückten ihre Köpfe aneinander. Die beiden waren so intensiv miteinander beschäftigt, daß sie die beiden Gestalten, welche sich ihnen näherten, nicht bemerkten. Der alte Wolf witterte Gefahr, beschloß ihnen zu folgen. Als die beiden finsteren Gestalten das Paar erreicht hatten, zog der eine einen Knüppel aus der Jacke und schlug den Mann nieder, während der andere die Frau packte und in ein Gebüsch zerrte. Der Wolf zögerte keinen Augenblick, stürmte in das Gebüsch. Es folgte ein kurzer Kampf, dann lagen die bösen Männer mit durchbissenen Kehlen am Boden. Die Frau schrie laut um Hilfe und schon bald erschienen mehrere Leute, darunter zwei Polizisten. Sie untersuchten die beiden Verbrecher, stellten fest, daß sie tot waren. Dann wandten sie sich dem am Boden liegenden Freund der Frau zu, berieten kurz. Der eine Polizist verschwand, kehrte nach einiger Zeit mit mehreren Krankenträgern zurück. Sie nahmen die beiden Toten und den Begleiter der Frau, der noch immer bewußtlos war, mit. Die Frau, die noch immer völlig aufgelöst schien, erzählte den Polizisten den Hergang des Geschehens, sagte ihnen allerdings nur, plötzlich sei ein wildes Tier erschienen, das die Verbrecher getötet hätte. Später, als der Freund wieder aus dem Spital entlassen war, berichtete sie ihm aber, der Wolf, der seit Wochen um ihr Haus schleiche, habe die zwei Verbrecher unschädlich gemacht und sie beide somit gerettet. Und sie bat ihn, dies niemandem zu erzählen, da die Geschichte sie sehr wundere; denn wie kam dieser fremde Wolf dazu ihnen beizustehen?

Die beiden Toten wurden im Krankenhaus untersucht.
„Es ist seltsam", bemerkte der Arzt schließlich, „so etwas habe ich hier noch nie erlebt. Es gibt in der Stadt sehr viele streunende Hunde, aber noch nie hat einer einen Menschen getötet, geschweige denn zwei auf einen Streich. Nein, ein Hund war es nicht."
„Aber, wer könnte es dann gewesen sein?" fragte einer der Polizisten.
Der Arzt schüttelte den Kopf.
„Ich weiß es nicht. Allerdings, in jungen Jahren lebte ich lange im Norden. Da kamen solche Sachen des öfteren vor. Es waren stets Wölfe. Aber die gibt es hier nicht."
„Vielleicht hat sich einer in unsere Stadt verirrt", meinte einer der Polizisten nach langem Nachdenken, „aber, warum hat er nur die beiden Verbrecher getötet und der Frau nichts angetan?"

„Ja, das ist unverständlich", wandte der andere ein, „vielleicht war es Zufall. Es hilft aber nichts. Wenn es tatsächlich ein Wolf war, dann ist er eine Gefahr für die Allgemeinheit. Wir müssen ihn finden."
Am nächsten Morgen begann ein Großaufgebot von Polizisten die Stadt zu durchkämmen. Der Wolf merkte bald, daß die Suche ihm galt und er versteckte sich so gut er konnte. Auf Dauer war das allerdings schlecht möglich, da die gesamte Stadtbevölkerung nach ihm Ausschau zu halten schien. Sie entdeckten ihn am dritten Tag. Der Menschen fürchteten sich zwar vor ihm, alarmierten jedoch die Polizisten und die hatten keine Angst, besaßen darüber hinaus auch noch Gewehre. Mit knapper Not konnte der Wolf noch einmal entkommen. Ihn hatte nur eine Kugel gestreift und ihm eine ungefährliche Wunde zugefügt. Aber er erkannte, daß er in der Stadt seines Lebens nicht mehr sicher war und fort mußte, wenn er nicht sterben wollte.

All die vielen Wunderdinge, die er hier gesehen hatte, mochten nützlich sein, wenn viele Wesen auf engem Raum zusammenleben. Doch wo er her kam und wo er sicher war, dort war es einsam, da brauchte man sie nicht.
Er hatte viel erfahren und er konnte sicher auch noch einiges dazu lernen, wenn er blieb. Doch der Preis dafür war sein Leben. War es das wert ?
Die blonde, zierliche Frau würde er nie wieder sehen. Sie war zwar stets freundlich gewesen, hatte ihn aber nie in ihr Haus aufgenommen. Sie war also nicht das Wesen, das bereit war seine Einsamkeit zu beenden. Und ein paar liebe Worte wogen ein Leben nicht auf.

Es gab daher gar keinen Grund noch länger in der Stadt zu bleiben.
Und so kehrte der alte Wolf in die Steppe zurück.

Die Dienerin

Die Ankunft

„Guten Morgen, Herr Frankenberger, „Sie sind also der neue Leiter des Bereichs Spektralanalyse. Ich hatte Sie erst für Montag erwartet."

„Guten Morgen, Herr Gunnarsson; ich bin gestern bereits angereist um mich das Wochenende über schon ein bißchen zu akklimatisieren. Und da ich jetzt hier bin, dachte ich, ich stelle mich heute schon einmal kurz vor. Und Ihre Sekretärin sagte, Sie hätten Zeit. Ich hoffe, ich störe nicht."

„Nein, nein, auf keinen Fall. Wie war denn Ihre Reise? Und der erste Eindruck?"

„Nun ja, auf jeden Fall ist es hier wärmer als in Deutschland. Die Reise war allerdings etwas mühsam. Schon bis Papeete mußte ich zweimal umsteigen, in Paris und in Los Angeles; das dauerte gute vierundzwanzig Stunden und dann noch vier Stunden bis hierher. Ich habe den Eindruck, man ist hier am Ende der Welt."

„Ach, jammern Sie nicht. Es ist zwar schon ein bißchen abgelegen hier, aber Sie werden sich daran gewöhnen und es dann hier angenehm finden. Außerdem, Sie haben sich ja freiwillig gemeldet."

Hans Frankenberger grinste.

„Ich jammere ja überhaupt nicht. Die Stelle hat mich schon gereizt. Und nachdem mein Institut so großzügig war, mich für zwei Jahre zu beurlauben, da gab es kein Halten mehr. Sie sehen ja, ich bin sogar früher angekommen als ich sollte."

Professor Gunnarsson lachte. Er war der Direktor des Instituts für 'Analytik' im Forschungszentrum 'Südpazifik' einer internationalen Organisation für wissenschaftliche Zusammenarbeit und seit fünf Jahren auf der Insel.

„Ich kann Ihnen ja schon ein bißchen erzählen, was Sie hier so erwartet. Sie können dann auch schon einmal rüber in die Labors gehen. Das Gebäude ist etwa fünfzig Meter entfernt. Ihr Büro ist auch schon frei, da Ihr Vorgänger bereits vor zwei Wochen abgereist ist. Das hilft Ihnen aber im Moment noch nicht viel, da Sie nicht selbständig ins Gebäude reinkommen. Der Dienstausweis dient auch als Zugangsschlüssel, und den bekommen Sie erst am Montag Nachmittag oder Dienstag. Ich werde Woloczek rufen. Er ist einer Ihrer Gruppenleiter, ist sozusagen Ihre rechte Hand und auch Ihr Stellvertreter. Er kann Sie abholen und Sie schon einmal ein bißchen herumführen."

Er pausierte kurz.

„Sind Sie denn gut untergekommen?"

„Ja, ich denke schon. Letzte Nacht war ich im Gästehaus untergebracht, das war recht ordentlich. Und heute Nachmittag kann ich dann meine Wohnung beziehen. Es soll ein geräumiger Bungalow sein, habe ich gehört."

„Ja, das kann man so sagen. Es ist auch ein kleiner Garten dabei, aber um den brauchen Sie sich nicht zu kümmern; dafür gibt es die Gärtner. Wissen Sie, als Bereichsleiter gehören Sie zu den Führungskräften und haben gewisse Privilegien. Sie haben auch Zugriff auf den Fahrzeugpool. Das wird Ihnen aber nicht viel nutzen. Die Insel ist nur etwa siebenhundert Quadratkilometer groß und es gibt keine hundert Kilometer befestigte Straßen. Da genügt ein Fahrrad. Und das gehört zur Ausstattung Ihres Bungalows."

„Das klingt angenehm."

„Apropos angenehm. Gut, daß Sie gleich bei mir vorbeigeschaut haben, da kann ich Sie schon einmal vorwarnen. Da kommt noch etwas auf Sie zu."

„So, was denn, bitte?"

„Tja, als Führungskraft erhalten Sie eine Dienerin. Sie wird auch bei Ihnen wohnen."

„Eine Dienerin? Ich wüßte nicht, wozu ich eine Dienerin brauchen könnte. Und wie sagt man auch bei uns: Frau im Haus, Glück geht raus."

Gunnarsson lachte.

„Den Spruch habe ich noch nie gehört."

Er überlegte kurz um eine geeignete Formulierung zu finden.

„Also, kurz gesagt, Sie wird Ihnen in allem dienen, auch nachts."

Hans blickte seinen zukünftigen Chef groß an.

„Eine Mätresse also."

„Na schön, wenn Sie das so nennen wollen."

Hans lächelte.

„Und wie komme ich zu dieser Ehre ?"

„Ich erkläre Ihnen das. Also, unsere Organisation hat das Gelände hier für einen symbolischen Preis von einem Dollar auf neunundneunzig Jahre gepachtet. Als Gegenleistung akzeptierte sie eine gewisse Doppelstruktur des Forschungszentrums, wenn ich das einmal so nennen darf. Konkret heißt das, die technische und wissenschaftliche Leitung des Zentrums liegt in den Händen unserer Organisation, Verwaltung und Infrastruktur stehen unter der Leitung der hießigen Regierung. Man hat diese Abmachung damals auch als eine Art Entwicklungshilfe angesehen, zur Ausbildung von Facharbeitern, Technikern und Verwaltungsleuten und auch als Maßnahme zur Beschaffung qualifizierter Arbeitsplätze für Einheimische. Deswegen sind die Mitarbeiter in der Verwaltung, vom technischen Service und in den Werkstätten fast ausschließlich Einheimische. Die Zusammenarbeit klappt hervorragend. Es hatte aber auch zur Folge, daß gewisse Bräuche von hier Einzug hielten. Konkret, wir haben hier in gewissem Sinn den Status von Gästen, und es ist hierzulande ein alter Brauch, vornehmen Gästen eine Frau zur Verfügung zu stellen, eine Dienerin für alle Zwecke. So etwas widerspricht natürlich unseren westlichen Gepflogenheiten, aber völlig ablehnen konnte man das Angebot nicht, das wäre eine schlimme Beleidigung gewesen, und so hat unsere Organisation schließlich nach langen Diskussionen erreicht, daß der Brauch auf die Führungskräfte, also Bereichsleiter und Direktoren, sowie hochrangige Gastwissenschaftler beschränkt wurde. Verstehen Sie mich aber richtig: dieses Geschenk ist eine große Ehrung für Sie. Sie können das nicht ablehnen, das wäre eine schwere Beleidigung. Sie müssen auch gelegentlich Ihre Pflicht gegenüber der Dame erfüllen, ansonsten wird das als Zeichen angesehen, daß Sie entweder kein richtiger Mann sind oder das Geschenk geringschätzen, was natürlich auch als Beleidigung erachtet wird. Ihr Ansehen bei den Einheimischen wird in beiden Fällen sinken und keiner wird Sie mehr so richtig ernst nehmen. Und wenn Sie irgendwelche Aufträge haben, egal ob technischer oder administrativer Natur, dann werden die ganz hinten angestellt, erhalten die niedrigste Priorität. Allerdings, Sie dürfen auch nicht die Sau rauslassen, weil

Sie dann das Geschenk mißbrauchen und das ist auch eine ganz große Beleidigung. Dann bekommen Sie richtig Ärger und in einem solchen Fall es ist das Beste, wenn Sie die Insel schleunigst verlassen. Aber wenn Sie ein anständiger Mensch sind und nicht nur wissen, wie man sich einer Dame gegenüber verhält, sondern sich auch danach richten, dann werden Sie keine Probleme haben. Wissen Sie, nach den Sitten hier ist es ehrbare Aufgabe dem Gast zu dienen, die Dienerinnen sind also ehrbare Frauen, keine ehrlosen Schlampen oder Huren, und es wird daher erwartet, daß man sie auch entsprechend behandelt. Für alle Fälle haben wir einen kleinen Verhaltenskodex zusammengestellt. Die Sekretärin gibt Ihnen dann ein Exemplar. Beherzigen Sie, was da drinsteht und Sie werden keine Probleme bekommen."

Hans stöhnte.

„Oh Gott, was wird da auf mich zukommen."

Gunnarsson grinste.

„Ich kann Ihnen sagen: nichts Schlechtes. Soweit mir das bekannt ist, sind das alles recht attraktive und gebildete Damen, keine Bauerntrampel."

Hans lächelte.

„Ich will ja nicht indiskret sein, aber Sie sagten eben 'soweit mir das bekannt ist'. Haben Sie denn keine Dienerin?"

Gunnarsson lächelte ebenfalls.

„Nun ja, ihr Ledigen habt es gut. Verheiratete Männer erhalten auch Dienerinnen, aber nur für die Arbeit, nicht für das Vergnügen. Wissen Sie, nach den hiesigen Bräuchen wäre es eine schlimme Beleidigung der Ehefrau ihrem Mann eine Mätresse, wie Sie sich ausgedrückt haben, zu geben. Wir bekommen nur die weniger gutaussehenden und älteren Insulanerinnen für die Hausarbeit zur Unterstützung der Ehefrau."

Hans grinste nun.

„Was ist eigentlich mit den unverheirateten Bereichsleiterinnen, davon gibt es doch auch einige. Erhalten die einen Mann?"

Gunnarsson schüttelte sich vor Lachen.

„Nein, soweit geht die Gleichberechtigung hier noch nicht."

„Na, schön", meinte Hans dann, „jetzt weiß ich ja erst einmal Bescheid. Vielen Dank für die Erklärungen. Ich will Sie jetzt auch nicht länger stören."

„Die Sekretärin wird dann Woloczek anrufen. Sagen Sie ihr Bescheid."

Er zögerte kurz.

„Ach, noch etwas bevor Sie gehen. Bezeichnen sie die Bewohner hier niemals als Kanaken, wie ihr Deutsche das gerne tut. Das wäre eine schlimme Beleidigung. Das hießige Volk nennt sich Toraner und ist mit den Kanaken, die weiter westlich auf den neukaledonischen Inseln wohnen, seit Jahrhunderten verfeindet. Das ist ungefähr so als würde man einen Deutschen als Polen bezeichnen."

Hans verabschiedete sich. Er suchte die Sekretärin auf, trug ihr sein Anliegen vor, sagte aber auch, Woloczek brauche nicht sofort, sondern erst in etwa einer Stunde zu kommen um ihn abzuholen, da er vorher noch zur Personalabteilung gehen wollte.

Er begab sich dann zum Verwaltungsgebäude, gelangte nach einigen Fragen zu dem für ihn zuständigen Mitarbeiter. Ein freundlicher, junger Mann, Toraner, begrüßte ihn.

„Guten Morgen, Herr Doktor Frankenberger, wir haben schon alle Unterlagen zusammengestellt. Ich erkläre Ihnen kurz, was Sie alles ausfüllen müssen. Sie brauchen das nicht jetzt und hier zu tun, sondern können das auch übers Wochenende zuhause erledigen. Nur wäre es gut, wenn Sie dieses eine Formular ausfüllen und dann kurz für ein Paßphoto mitkommen. Dann können wir nämlich Ihren Dienstausweis schon vorbereiten und Sie können ihn dann am Montag Vormittag gleich in Empfang nehmen. Ich muß Ihnen dann auch noch Schlüssel für den Bungalow geben; erinnern Sie mich bitte, falls ich es vergessen sollte."

Er führte ihn in ein kleines Nebenzimmer, das Photostudio, wie es der junge Mann nannte. Nachdem diese Angelegenheit erledigt war, gingen sie ins Büro zurück.

„Setzen Sie sich bitte. Es wird etwas länger dauern."

Er erklärte Hans dann ausführlich, welche bürokratischen Vorgänge zu erledigen seien. Schließlich überreichte er ihm die Bungalowschlüssel.

„Es sind zwei Schlüssel", erklärte er dann, „einen händigen Sie bitte Ihrer Dienerin aus, denn sie wird bei Ihnen wohnen. Es ist Ihnen doch sicherlich bereits bekannt, daß Sie eine Dienerin erhalten?"

„Ja, ja", meinte Hans, „ich bin bereits informiert. Vielen herzlichen Dank. Das ist sehr großzügig von Ihnen und eine hohe Ehre für mich."

Der junge Mann lächelte und verneigte sich.

„Ich hoffe, wir enttäuschen Sie nicht und Sie werden mit der Dienerin, welche wir für Sie ausgesucht haben, zufrieden sein. Sie können schon jetzt über sie verfügen."

Hans war durch die Erzählungen von Gunnarsson etwas verunsichert, wollte keinen Fauxpas begehen, fragte daher nach kurzer Überlegung.

„Heute schon ?"

„Gewiß."

„Das ist sehr gut. Ich habe allerdings noch einige Dinge zu erledigen und kann den Bungalow auch erst am Nachmittag beziehen. Wäre es angenehm, wenn sie sich so etwa gegen sechs Uhr bei mir meldet."

„Natürlich, sehr gern. Ihre Adresse haben wir ja. Ihr Name ist Anna Orlirli. Leider kann ich sie Ihnen im Moment nicht schon vorstellen, sie befindet sich gerade in einer Besprechung."

Hans blickte den Mann etwas irritiert an. Der bemerkte das.

„Herr Doktor Frankenberger, alle unsere Dienerinnen sind in der Verwaltung beschäftigt und werden für Ihre Dienste freigestellt. Frau Orlirli, zum Beispiel, leitet das Rechnungsprüfungsbüro. Sie haben ihnen gegenüber gewisse Rechte, allerdings auch gewisse Pflichten. Aber das finden Sie alles in den Unterlagen."

Hans verabschiedete sich, ging zurück zum Büro der Sekretärin. Woloczek wartete bereits, plauderte mit der Frau. Als Hans eintrat, stand er auf, ging zu ihm hin, streckte ihm die Hand entgegen.

„Guten Tag, Sie sind sicher Herr Frankenberger. Mein Name ist Stanislav Woloczek. Ich werde in Zukunft Ihre rechte Hand sein."

„Danke", entgegnete Hans, „und gleich zu Beginn: in meinem Institut zuhause ist es üblich, daß man sich mit dem Vornamen anredet. Ist das hier auch der Brauch ?"

Stanislav lachte.

„Unter Europäern schon; es gibt aber auch Völkerschaften, bei denen mehr auf Form und Autorität geachtet wird. Die legen sogar Wert darauf, daß man sie mit 'Herr' oder 'Frau Doktor' anspricht. Aber von denen haben wir keine in unserem Bereich."

„Das ist gut."

Sie begaben sich zum Laborgebäude, in dem auch die Büros untergebracht waren. Hans ließ sich die Einrichtungen erklären, was etwa
vier Stunden in Anspruch nahm; zwischendurch hatten sie sich in der
knapp hundert Meter entfernten Cafeteria einen Imbiß genehmigt.
„Ich bekomme meinen Ausweis voraussichtlich bereits am Montag
Morgen. Ab wann seid ihr eigentlich da ?"
„Montags wird es immer etwas später. Also vor neun Uhr wird wohl
keiner da sein."
„Kein Problem, ich muß in der Verwaltung noch einige Formalitäten
erledigen, was sicherlich ein bis zwei Stunden in Anspruch nehmen
wird."

Die Dienerin

Er ging dann zum Gästehaus, erfuhr, daß der Bungalow bezugsfertig
sei. Er begab sich dahin. Ein Bediensteter brachte sein Gepäck, zwei
größere Koffer, einen Rucksack und eine Kiste auf einer Karre nach.
Hans stellte die Sachen ins Wohnzimmer, lief dann zu dem Einkaufszentrum, das etwa zweihundert Meter entfernt lag, kaufte dort im Supermarkt Getränke, Kaffeepulver, einige Gewürze, Wurst, Käse,
Brot, Marmelade und natürlich auch eine Flasche Whisky, zwei Fla-
chen Sekt, zwei Flaschen Wein. Zurück im Bungalow begann er seine Wäsche auszupacken. Pünktlich um sechs Uhr klingelte es an der
Haustür. Hans öffnete. Vor ihm stand eine hübsche, gutaussehende,
dunkelhäutige Frau, eine Tasche in der Hand. Sie wirkte etwas ängst-
lich.
„Guten Abend, Herr Doktor Frankenberger; ich bin Anna Orlirli,
Ihre Dienerin", meinte sie schüchtern mit leiser Stimme.
Hans blickte sie leicht verwundert an.
„Sie sprechen Deutsch ?"
„Ja, Herr, fließend. Der Herr Direktor war der Meinung es sei eine
große Ehre für Sie, eine Dienerin zu erhalten, die Ihre Sprache
spricht. Daher wurde ich auch ausgewählt."
„Guten Abend, Frau Orlirli; ja, das ist wirklich eine große Ehre und
freut mich außerdem ungemein. Kommen Sie doch bitte herein."

Die Frau lächelte, ihre Augen begannen zu leuchten, und ein ungemein sympathisches Strahlen lag in ihrem Gesicht, welches Hans faszinierte. Er führte sie ins Wohnzimmer. Sie folgte ihm zögerlich. Er wies auf das Sofa.

„Setzen Sie sich bitte. Ihre Tasche können Sie neben sich legen."

Sie blickte ihn fragend an.

„Darf ich wirklich?"

„Ja, sicher."

Sie nahm Platz.

„Möchten Sie etwas trinken? Wasser oder Saft?"

Die Frau blickte ihn etwas verwirrt an.

„Ja", sagte sie leise.

Hans grinste.

„'Ja' habe ich nicht. Saft oder Wasser?"

„Saft, bitte", sagte sie zögerlich und erhob sich, „wo kann ich ihn finden?"

„Bleiben Sie doch sitzen. Ich hole ihn."

Hans ging in die Küche, entnahm den Kühlschrank eine Flasche Orangensaft, holte dann ein Glas aus dem Schrank, kehrte ins Wohnzimmer zurück, setzte sich auch, öffnete die Flasche, schenkte ein und reichte dann Anna das Glas.

„Hier, bitte."

Sie nahm es zögerlich entgegen, als wüßte sie nicht recht, ob sie das dürfe.

„Vielen Dank, Herr", sagte sie dann, „aber es wäre doch meine Aufgabe gewesen, ich muß Sie bedienen, nicht Sie mich."

„Dazu werden Sie noch genügend Gelegenheit haben."

Er schaute sie an. Ein hübsches, freundliches Gesicht, das eine prinzipiell positive Einstellung zum Leben vermuten ließ. Es war keine Härte, keine Bitternis zu erkennen, lediglich eine gewisse Traurigkeit und Melancholie, während die anfängliche Ängstlichkeit weitgehend verschwunden war. Ihre Augen wirkten offen und ehrlich, keine Spur von Falschheit. Die Frau entzückte ihn augenblicklich. Ihre Nase war recht klein, ihre Lippen schmal. Sie hatte schwarzes, lockiges Haar, das bis zu der Schulter herab reichte. Und sie hatte ein Parfüm benutzt, welches sie mit einen angenehmen, dezenten, süßen Duft umgab.

„So", begann Hans nach einigen Augenblicken, „wir sollten uns erst einmal ein bißchen kennenlernen. Wer sind Sie ? Erzählen Sie über sich."

„Da gibt es nicht soviel zu berichten. Ich bin hier auf der Insel geboren und aufgewachsen, durfte sogar die höhere Schule besuchen. Dort habe ich auch Ihre Sprache einigermaßen gelernt. Nach dem Abschluß wurde ich dann zur Dienerin bestimmt. Ich lernte einen Beruf und wurde gut auf meine zukünftige Aufgabe vorbereitet, lernte kochen, nähen, waschen und auch wie man die besonderen Wünsche eines Mannes erfüllt."

Das hatte sie jetzt sehr elegant und diskret aber auch klar ausgedrückt. Hans gefiel das. Sie besaß ganz offensichtlich genügend Bildung um sich mit ihr über alle Dinge, auch die intimsten, zu unterhalten, ohne in einen primitiven oder vulgären Jargon zu verfallen.

„Sie arbeiten in der Verwaltung, werden für Ihre Dienste bei mir freigestellt, hat man mir gesagt. Ist das eigentlich notwendig ? Der Bungalow ist nicht sehr groß und Sie brauchen mich auch nicht den ganzen Tag zu bedienen. Die meiste Zeit bin ich ohnehin im Büro oder im Labor."

Anna lächelte.

„Das hat man Ihnen jetzt nicht richtig mitgeteilt. Wissen Sie, ich leite die Rechnungsprüfung und werde für meine Dienste bei Ihnen für drei Stunden am Tag freigestellt. Das heißt, ich muß nur fünf anstatt acht Stunden im Büro sein."

„Aha", stieß Hans hervor, „das hatte ich jetzt wirklich nicht richtig verstanden. Seien Sie mir nicht böse, wenn ich Ihnen jetzt ein ganz indiskrete Frage stelle. Sie brauchen auch nicht zu antworten, wenn sie Ihnen ungehörig erscheint. Wie sind Sie eigentlich Dienerin geworden und wie lange sind Sie es schon ?"

„Ich habe überhaupt keinen Grund Ihnen böse zu sein. Es ist Ihr Recht es zu erfahren. Man kann sich nicht freiwillig zur Dienerin melden. Eine staatliche Kommission wählt die Kandidatinnen aus und diese erhalten eine Ausbildung, die sich über mehrere Jahre erstreckt und sie lernen in dieser Zeit auch einen Beruf. Es werden auch keine jungen Mädchen als Dienerinnen eingesetzt. Sie muß mindestens zweiundzwanzig Jahre alt sein wenn sie ihrem ersten Herrn zugeordnet wird. Die gesamte Dienstzeit ist auf zehn Jahre beschränkt, und man erhält vier bis sechs Herren, aber das nicht durchgehend, denn nach jedem Dienst, wird eine Erholungszeit von ein paar Monaten gewährt. Das Amt ist oft sehr anstrengend, müssen sie wissen."

„Das kann ich mir gut vorstellen", grinste Hans, „und wie viele Herren hatten Sie bereits? Oder dürfen Sie das nicht sagen?"

„Es ist streng verboten über die Herren zu reden. Aber die Zahl darf ich Ihnen nennen. Sie sind der fünfte."

In ihrem Gesicht zeigte sich ein Strahlen.

„... und auch der letzte. Dann ist meine Dienerinnenzeit vorbei, dann darf ich heiraten, Kinder haben."

Hans hätte sie küssen mögen. Mit jedem Augenblick gefiel ihm diese Frau mehr. Noch nie hatte er ein so faszinierendes weibliches Wesen kennengelernt.

„Entschuldigen Sie, wenn ich weiter frage. Es steht wahrscheinlich auch in den Anweisungen. Aber da wir ohnehin jetzt sozusagen zusammen gehören, sollten wir ohne Scheu über solche Dinge reden und je eher wir damit beginnen, desto besser ist es. Wie oft müssen Sie Ihrem Herrn eigentlich zu Willen sein?"

„Das ist nicht festgelegt. Er hat das Recht über mich zu verfügen wie er möchte. Und das ist sehr unterschiedlich, manche nehmen die besonderen Dienste sehr häufig in Anspruch, andere nur sehr selten. Aber ich darf niemals ablehnen, es sei denn ich bin nachweislich krank. Und während der Menstruation darf er nicht über mich verfügen. Da habe ich Schonzeit. Das ist festgeschrieben."

Sie schwieg kurz. Irgendetwas bewegte sie, aber sie zögerte, es auszusprechen. Hans merkte das, schwieg, wollte ihr Zeit lassen. Endlich rang sie sich durch.

„Eigentlich darf ich nicht mit Ihnen darüber reden. Aber Sie werden mich nicht verraten. Es ist ja auch eine Bitte damit verbunden. Mein zweiter Herr kam auch aus Deutschland. Ich diente ihm vier Jahre. Und während dieser Zeit lernte ich Ihre Sprache gründlich. Er war sehr gut zu mir. Als er nach Hause zurückkehrte schenkte er mir ein Teil seiner Bücher. Ein paar habe ich schon gelesen. Sie liegen jetzt, verpackt in einer Kiste, in einem Abstellraum. Ich würde sie gerne mitbringen, aber in meiner Kammer wird kein Platz sein."

„Ihrer Kammer?"

„Ach, Sie wissen das noch nicht, ich habe eine kleine Kammer unterm Dach, in der ich schlafe, wenn Sie mich in der Wohnung nicht brauchen können oder wenn ich störe. Sie ist aber sehr klein."
„Von einer solchen Kammer weiß ich nichts. Ich kenne mich im Haus auch noch nicht aus, ich bin ja auch erst vor drei Stunden hier eingezogen. Aber hier im Wohnzimmer steht ein großes Bücherregal. Das dürfen Sie gerne benutzen."
Er blickte sie schelmisch an.
„Unter einer Bedingung !"
Sie blickte ihn nun leicht erschrocken an.
„Und die wäre ?"
„Daß ich auch das eine oder andere Buch lesen darf, wenn ich es noch nicht kenne."
Sie lachte, sagte nichts, warf ihm statt dessen einen liebevollen Blick zu.

Endlich meinte sie.
„Jetzt haben Sie so lange mit mir geplaudert. Und ich habe
noch nichts gearbeitet. Sie haben begonnen Ihre Sachen einzuräumen. Soll ich weitermachen ?"
„Nein, nein", wehrte Hans ab, „das hat Zeit bis morgen. Oh, es ist bereits nach sieben Uhr. Ich bin mittlerweile auch hungrig. Sie doch sicher auch. Kennen Sie ein gutes Restaurant, in dem wir zu Abend essen können ? Ich kenne nur die Cafeteria."
„Ja, es ist nicht weit weg, liegt neben dem Warenhaus. Es bietet die Küche unserer Insel."
„Interessant."
Er schwieg kurz.
„Ich bin mit den Sitten hier nicht so vertraut, habe die Anweisungen auch noch nicht gelesen. Dürfen Sie eigentlich mit mir kommen ?"
„Ja, das ist nicht verboten, aber es ist nicht üblich, daß ein Herr mit seiner Dienerin zum Essen geht. Es wird auch nicht gerne gesehen. Die Dienerin hat für den Herrn zu kochen. Ins Restaurant geht er nur mit Freunden oder Arbeitskollegen, wenn sie einmal einen Abend außer Haus verbringen wollen."
Hans lachte.

„Also, wenn ein Herr mit seiner Dienerin ins Restaurant geht, dann sieht das so aus, als könne sie nicht kochen und er ihr zeigen will, wie gutes Essen schmeckt."

Unwillkürlich mußte Anna nun auch lachen.

„So kann man es auch sehen."

Doch dann wurde sie sehr schnell ernst.

„Nein, ganz so ist es auch wieder nicht. Es erweckt den Eindruck, daß das Verhältnis zwischen Herr und Dienerin nicht so ist wie es sein sollte."

Hans verstand diese Anspielung nicht so ganz, wenn er auch ahnte, was damit gemeint sein könnte. Er hielt es aber besser dieses Thema zu übergehen und meinte:

„Nun, in diesem Fall können wir das damit rechtfertigen, daß ich ohnehin nichts zum Kochen im Haus habe, wir also zum Essen ins Restaurant gehen müssen."

„So ist es nicht, Herr; ich habe einiges mitgebracht; hier in der Tasche."

„Ach was", sagte Hans, „die Sachen legen wir in den Kühlschrank und gehen ins Restaurant."

Hans erzählte während des Aufenthaltes dort im wesentlichen von sich, seiner Herkunft, seiner Ausbildung, seiner bisherigen Tätigkeit, seinen Aufgaben hier. Anna hörte aufmerksam zu, stellte auch öfters Zwischenfragen, aus denen Hans erkannte, daß sie sein Leben und seine Arbeit wirklich interessierte und sie nicht nur Fragen stellte um zu zeigen, daß sie auch noch anwesend war. Als er geendet hatte, erzählte sie dann einiges über die Insel, das Volk, das hier lebte, dessen Geschichte, soweit sie bekannt war. Entscheidend war für ihn aber, daß der Umgangston, auch wenn sie formal noch auf Distanz hielt, ihn stets mit 'Herr' anredete, zwischen ihnen immer lockerer und vertraulicher wurde. Das paßte irgendwie nicht zusammen. Er faßte daher einen Plan.

Gegen halb elf kamen sie zum Bungalow zurück. Er ging zum Kühlschrank holte eine Flasche Sekt hervor, die er am Nachmittag gekauft hatte, nahm aus dem Schrank zwei Gläser, setzte sich zu Anna, die mittlerweile auf dem Sofa im Wohnzimmer Platz genommen hatte. Er öffnete die Flasche, schenkte ein.

„Das trinkt man bei uns zur Begrüßung. Es gibt da aber eine Regel wie man trinkt. Also, Sie schlingen jetzt Ihren rechten Arm um meinen und jeder trinkt einen Schluck aus seinem Glas. Dann geben Sie mir einen Schluck aus Ihrem Glas zu trinken und ich Ihnen einen aus meinem Glas. Und hinterher küssen wir uns."

„Das ist aber ein ziemlich merkwürdiger Brauch, Herr."

„Machen Sie schon!"

Sie gehorchte. Hans grinste sie an.

„Von nun an werde ich dich Anna nennen. Und du wirst nicht mehr 'Herr' zu mir sagen, sondern Hans."

„Aber das ist doch unmöglich, Herr."

„Nein, so will es der Brauch."

„Ihr habt mich getäuscht, Herr."

„Ja", antwortete Hans knapp, „aber nun ist es entschieden. Ich bin Hans und nicht Herr."

Er neigte sich zu ihr küßte sie.

„Anna, du hast doch Verstand. Glaubst du vielleicht, wir hätten diese blödsinnige Spiel von 'Herr' und 'Dienerin' auf Dauer durchhalten können? Nein. Ich glaube es nicht! Und deswegen sollten wir es sofort beenden."

„Aber das geht doch nicht, Hans. Wenn uns jemand hört."

„Das fällt doch gar nicht auf. Es spricht hier kaum jemand Deutsch. Noch ein Glas Sekt?"

Er wartete gar nicht ihre Antwort ab, sondern schenkte ein.

„Du hattest mir von der Schlafkammer erzählt, ich möchte einmal wissen, wie die aussieht", sagte er dann.

„Ich führe dich."

Die Kammer war in der Tat sehr klein, bot nur Platz für ein Bett und einen Schrank. Nebenan befand sich ein noch kleinerer Raum, der eine Toilette und eine Waschgelegenheit enthielt.

„Genügt das denn?" fragte Hans.

„Für die Morgenwäsche schon. Duschen müssen wir uns im Hauptgebäude."

„Aber wir haben hier ein großes Badezimmer."

„Das dürfen die Dienerinnen aber nicht benutzen. Es sei denn, der Herr erlaubt es ausdrücklich."

„Vermutlich ist hierfür eine schriftliche Erklärung notwendig."

„So ist es; du findest sie übrigens in den Unterlagen."

Sie gingen zurück ins Wohnzimmer. Hans durchwühlte die Papiere, fand tatsächlich ein Formblatt.

'Ich erkläre mich damit einverstanden, daß meine Dienerin … das Badezimmer im Bungalow Nr. … benutzt. Diese Erklärung gilt bis auf Widerruf. Unterschrift. '

„Anna, kannst du mir erklären, was dieser Unsinn soll. Ich muß es wohl unterschreiben, kann es erst am Montag abgeben. Aber du darfst das Bad schon vorher benutzen. Du hast mein Wort. Und das gilt."

Sie schaute ihn an.

„Ihr Europäer seid mit anderen Kulturen nicht sehr vertraut. Was du als Unsinn bezeichnest hat für andere Bedeutung. Für meinen letzten Herrn war es völlig abwegig, das gleiche Badezimmer wie eine Frau zu benutzen. Ich durfte es nicht tun."

Hans lachte etwas zynisch.

„Das Badezimmer darf man nicht teilen, aber das Bett."

Anna blickte ihn etwas merkwürdig an.

„Er hat mich hinterher jedes mal in die Kammer geschickt."

Hans streichelte sie.

„Ich wollte dich nicht kränken."

Er schwieg eine Weile.

„Du mußt nicht in die Kammer gehen. Das Bett ist groß genug für uns beide. Es würde mich freuen, wenn du bei mir bleibst. Du mußt mir auch heute Nacht keine besonderen Dienste erweisen. Nicht, daß ich sie nicht möchte. Aber wir sollten erst noch viel vertrauter miteinander werden. Wir haben noch viel zu besprechen."

„Danke, aber noch eines. Ich möchte morgen das Frühstück zubereiten. Was bevorzugst du."

„Nichts Besonderes; das, was ich von zuhause gewohnt bin. Ich habe Brot, Wurst, Käse, Eier eingekauft. Wenn du noch eine Idee hast, kannst du auch noch etwas anderes hinzufügen. Was ist nicht zum Frühstück mag, das ist Fisch, Salat und Suppe."

Sie begaben sich zu Bett, schmiegten sich aneinander, aber nur um einander zu spüren. Das tat ihnen wohl. Zu intensiveren Berührungen kam es nicht.

Samstag

Anna bereitete am nächsten Morgen das Frühstück zu.

„Komm, setz dich zu mir", meinte Hans als er am Tisch Platz nahm.

„Darf ich wirklich ?" fragte sie vorsichtig.

„Wir haben heute nacht das Bett geteilt, da können wir nun auch den Tisch teilen."

„Selbstverständlich ist das nicht."

„Das ist mir klar, aber bei uns wird es so sein. Du brauchst in Zukunft auch gar nicht mehr zu fragen."

„Ich möchte heute Morgen meine Sachen holen, Kleidung, Bücher und sonstige Habseligkeiten. Viel ist es nicht. Ich darf doch die Bücher hier im Wohnraum ins Regal stellen ?"

„Natürlich; das habe ich dir doch gestern Abend zugesichert."

„Du hättest inzwischen deine Meinung ändern können."

„Wenn ich etwas verspreche, dann gilt das auch. Es hat mir ja schließlich auch niemand das Versprechen abgezwungen."

„Das ist schön, aber das ist nicht selbstverständlich. Viele wollen sich am nächsten Morgen nicht mehr an die Versprechen des Vorabends erinnern, insbesondere, wenn sie diese als Gegenleistung für besondere Dienste gegeben haben."

Hans lachte.

„Das war ja bei uns nicht der Fall."

„Natürlich nicht. Das hätte mich auch gekränkt. Aber ich frage mich oft, was sind das eigentlich für Menschen ? Warum versprechen sie etwas, wenn sie es doch nicht halten wollen."

„Du sagtest doch, daß das oft die Gegenleistungen für besondere Dienste sind. Und wenn diese Dienste abgeleistet sind, dann haben sie erreicht, was sie wollten. Dann gibt es für sie keinen Grund mehr ihre Versprechungen zu halten, insbesondere, wenn der andere kein Druckmittel in der Hand hat."

„Aber das ist doch niederträchtig !"

„Niedertracht ist eine weit verbreitete Charaktereigenschaft auf der Welt. Ich glaube sogar, es gibt mehr niederträchtige als anständige Menschen. Übrigens, ich habe schon eine Gegenleistung verlangt."

Anna blickte ihn erstaunt an.

„Und welche ?"

„Daß ich die Bücher lesen darf."

Anna lachte.

„Das habe ich nicht als Gegenleistung aufgefaßt. Das war für mich selbstverständlich."

„Ich kann dir beim Transport der Sachen helfen, ich habe Zeit", meinte Hans, nachdem sie das Frühstück beendet hatten.

„Um Gottes Willen, nein", entgegnete Anna, „das ist sehr lieb von dir gemeint, aber damit würdest du doch zeigen, daß du deiner Dienerin dienst. Das geht nun wirklich nicht. Es ist auch nicht notwendig."

„Ich habe damit kein Problem."

„Ich auch nicht. Aber in dieser Beziehung sind wir beide so ziemlich die Einzigen auf der Insel. Du bist neu hier, kennst die Regeln noch nicht. Ich habe mich bereits mit einer Kollegin verabredet. Die hilft mir. Und der Hausmeister unserer Unterkunft leiht uns einen Karren."

Sie erhob sich verließ das Haus. Hans begann seine Sachen auszupacken, kam aber nicht weit. Er setzte sich auf das Sofa. Anna ging ihm nicht aus dem Kopf.

„Sie ist wundervoll", dachte er, „ein Geschenk des Himmels."

Mochte diese Dienerinnen – Sitte hier auf der Insel auch noch so fremdartig und archaisch wirken, wie ein Relikt aus der Vorzeit, so hatte sie ihm doch gleich bei der Ankunft einen Engel beschert – falls sie wirklich so war, wie es der erste Eindruck erscheinen ließ. Daran zweifelte er aber nicht. Schließlich hatte sie ja wohl keinen ersichtlichen Grund sich ihm gegenüber anders darzustellen als sie war. Ihre offene Art hatte auch nicht den Eindruck erweckt, daß sie sich bei ihm einschmeicheln wolle. Und für ihn gab es natürlich auch keinen Grund, sie herablassend als Dienerin, als halbe Sklavin zu behandeln. Nein, im Gegenteil, er wünschte sich eine Gefährtin, eine Kameradin. Und Anna schien ihm hierfür die geeignete Frau. Er zweifelte allerdings daran, daß sie das auf Anhieb verstand. Zum einen, weil sie in ihrem Amt offensichtlich zur Unterordnung unter ihre Herren verpflichtet war, eine Behandlung als Gleichstehende ihr daher fremd vorkommen mußte. Zum anderen, sie hatte ja bereits mehreren Herren gedient, die sie recht unterschiedlich behandelt hatten. Sie war intelligent und gebildet, konnte mit Sicherheit Vergleiche anstellen, urteilen. Und so lag es nahe, daß sie ihn erst einmal einordnen mußte und sich fragte, welcher Plan hinter seinem Verhalten ihr gegenüber stand. War es ein ehrliches Spiel oder wollte er damit ihr Denken nur in eine bestimmte Richtung lenken um sie für seine wirklichen Wünsche und Ziele gefügig zu machen? Seine Strategie mußte also darin liegen, sie selbst kritisch zu beobachten, herauszufinden, ob sie wirklich seinen Vorstellungen einer idealen Partnerin entsprach und darüber hinaus eine Vertrauensbasis zu ihr aufzubauen, damit sie verstand, daß er nicht auf ihre Unterwerfung aus war, sondern ihre Zuneigung gewinnen wollte. Und dann mußte er eben beobachten wie sich die Beziehung zueinander entwickeln würde. Er schätzte die Entwicklung natürlich positiv ein, sah schon eine endlose, wundervolle Lebensgemeinschaft vor seinem geistigen Auge.

Annas Rückkehr erweckte ihn aus seinen Träumen. Sie schleppte zwei größere Kisten mit Büchern in den Wohnraum, ging dann wieder zur Haustüre, verabschiedete sich von der Kollegin, kehrte anschließend zu Hans zurück.

„Wenn es dir nichts ausmacht, dann bringe ich erst einmal meine Kleidung und die sonstigen Sachen nach oben, denn die Koffer und Taschen versperren den Flur. Hinterher kümmere ich mich dann gleich um die Bücher."

„Du kannst deine Kleider auch hier unten im Schlafzimmer unterbringen."

„Ich fürchte, da wird der Platz nicht reichen. Deine Sachen habe ich ja noch gar nicht eingeräumt. Und der Schrank ist ja auch nicht allzu groß."

„Ach, ich habe nicht allzu viel und auch schon einen Teil im Schrank verstaut. Ein paar Kleider und ein bißchen Wäsche wirst du sicher noch unterbringen können."

„Gerne, wenn ich darf?"

„Natürlich darfst du."

„Gut, dann werde ich erst einmal deine restlichen Sachen einräumen."

„Ich helfe dir dabei. Es sieht ja niemand."

Sie taten es. Hansens Kleider füllten den Schrank bei weitem nicht aus, der restliche Platz reichte fast für Annas Sachen; allzu viel besaß sie ja auch nicht. Den Rest brachte sie dann auf ihr Zimmer, wo sie auch die Taschen und den Koffer abstellte. Anschließend sortierte sie ihre Bücher ein; Hans half ihr dabei, nutzte die Gelegenheit um auch seine Bücher auszupacken.

„Müssen wir die Bücher eigentlich getrennt einsortieren. Wir könnten sie doch auch nach Sachgebieten und Autoren ordnen. Das erspart lästiges Suchen", meinte nun Hans.

„Ich sehe da keine Probleme", erwiderte Anna, „jeder kennt doch seine Bücher. Dann wird es keine Schwierigkeiten geben, wenn wir sie wieder trennen müssen."

„Vielleicht werden sie überhaupt nicht mehr getrennt", sagte nun Hans so vor sich hin.

„Was meinst du damit ?"

Er blickte sie groß an, er war ganz in Gedanken versunken gewesen als er diese Bemerkung machte.

„Ach, vielleicht nehme ich meine Bücher gar nicht mehr mit nach Hause, sondern schenke sie dir zum Abschied", entgegnete er geistesgegenwärtig. Er hatte allerdings etwas ganz anderes im Sinn gehabt als er das so daher sagte. Annas Büchersortiment umfaßte überwiegend Werke aus dem siebzehnten Jahrhundert bis Anfang des neunzehnten Jahrhunderts, darunter Gesamtausgaben von Jakob Michael Reinhold Lenz und Gotthold Ephraim Lessing, Erzählungen und Dramen von Heinrich von Kleist, auch Hans Jacob Christoph von Grimmelshausens 'Der abenteuerliche Simplicissimus' war darunter. Ohne sonderliche Absicht nahm Hans das Buch in die Hand, betrachtete es.

„Oh je", sagte Anna, als sie das Buch sah, „das war eine harte Nuß. Nicht nur, weil es so dick ist, sondern auch wegen der Sprache. Wie oft mußte ich im Internet nach den Wörtern suchen."

„Ist das etwa ein Nachdruck der Originalausgabe ?"

„Ich weiß es nicht."

Hans blätterte kurz.

„Ja, ja, da steht es 'Nachdruck der 1668 erschienenen, auf 1669 vordatierten Originalausgabe'. Was hast du dir damit angetan ? Es ist nicht nur die altertümliche Sprache, sondern auch die Rechtschreibung, die mit der heutigen vielfach nichts zu tun hat."

„Ach, so schlimm war das doch gar nicht. Und ich habe viel über die Zeit gelernt, in der die Handlung abläuft. Das muß eine furchtbare Zeit gewesen sein, damals."

„Ja, das war der schlimmste Krieg, den Deutschland erlebt hat; und alles zur Ehre eines Gottes, den es offensichtlich gar nicht gibt. Grimmelshausen wurde übrigens in Gelnhausen geboren. Das liegt nicht weit von meinem Heimatort entfernt. Wir können das Städtchen ja einmal besuchen, wenn wir in Deutschland sind."

Anna blickte ihn entgeistert an.

„Wenn wir in Deutschland sind?"

„Ja, ich werde sicherlich während eines Urlaubes einmal in meine Heimat fliegen. Und dort brauche ich doch meine Dienerin."

„Da muß ich dich leider enttäuschen", erwiderte Anna traurig, „ich darf während meiner Dienerschaft die Insel nicht verlassen."

Hans biß sich auf die Unterlippe. Jetzt hatte er einen Fauxpas begangen und sie gekränkt. Er streichelte ihr über das Haar.

„Entschuldigung, jetzt habe ich dir weh getan. Das wollte ich nicht. Aber wenn deine Zeit um ist, dann darfst du es doch?"

„Ja natürlich, dann bin ich ja frei."

„Na, siehst du; dann können wir ja auch zusammen reisen."

Ihr Gesicht hellte sich etwas auf.

„Wenn du mich dann noch beachtest."

Hans lächelte.

„So unwahrscheinlich ist das gar nicht."

Nach Beendigung ihrer Arbeit ließ sich Hans auf der Terrasse in einem der Sessel nieder. Anna bereitete Kaffee zu, brachte dann noch einen kleinen Kuchen, setzte sich zu ihm.

„Den habe gestern Nachmittag gebacken und am Abend mitgebracht. Ich bin keine große Bäckerin und es war auch eine fertige Backmischung. Ich hoffe, er schmeckt dir trotzdem."

„Das ist lieb von dir."

Nachdem sie gegessen und getrunken hatten meinte Hans.

„Wir sollten jetzt zum Einkaufen gehen, die für die nächsten Tage benötigten Lebensmittel besorgen."

„Das kann ich alleine erledigen. Du kannst mir ja aufschreiben, was du brauchst."

„Im Prinzip schon, aber ich möchte auch mal sehen, was es da so alles gibt. Außerdem ist es mir zu langweilig, den ganzen Tag hier herumzuhängen. Ich muß mal raus, auch wenn es nur kurz ist."

Sie begaben sich zu dem unweit gelegenen Supermarkt. Am Eingang begegnete ihnen Gunnarsson, der gerade mit seiner Frau das Einkaufszentrum verließ.

„Guten Tag, Herr Frankenberger; ein seltsames Bild."

„Guten Tag, Herr Gunnarsson. Wo ist ein seltsames Bild ?"

„Na ja, ich meine, daß ein Herr mit seiner Dienerin zum Einkaufen geht. Das ist ungewöhnlich. Normalerweise erledigt sie das alleine. Sie kauft das ein, was ihr aufgetragen wird oder was sie so zum Haushalten braucht."

Hans lächelte.

„Das hat sie mir auch gesagt. Aber was heißt hier schon normal. Ich bin doch erst vorgestern angekommen, weiß noch gar nicht, was es hier alles zu kaufen gibt. Wie sollte ich meiner Dienerin da Anweisungen geben ?"

„Sie könnten ihr freie Hand lassen."

„Nein, ich bin es gewohnt mich auch um die Details zu kümmern, im Beruf wie auch privat. Und außerdem", Hans zwinkerte mit den Augen, „ich muß doch wissen, welche Whisky - Sorten es hier gibt."

Gunnarsson blickte ihn an.

„Dann steht mir ja mit Ihnen einiges bevor."

Sie verabschiedeten sich.

„Aha, das ist also auch so eine Regel", dachte Hans.

Anna und er schauten sich nun in dem Supermarkt um. Hans deutete auf die Waren, die er kaufen wollte, ließ sie Anna aus dem Regal nehmen und in den Einkaufswagen legen. Anna durfte natürlich auch aussuchen was ihr zusagte. Und sie mußte selbstverständlich auch den Einkaufswagen schieben. An der Kasse bezahlte Hans dann, ließ Anna die Waren einpacken und die Taschen nach Hause tragen.

„Entschuldige, daß ich dich das ganze Zeug habe schleppen lassen. Aber ich hatte den Eindruck, das entspricht den hier geltenden Regeln", sagte er als sie den Bungalow betraten.

Zu seiner Überraschung küßte ihn Anna auf die Stirn.

„Du hast richtig gehandelt. Ich sehe, die erste Lektion hast du schon gelernt. Ich muß aber jetzt doch noch einmal kurz weg um mein Fahrrad zu holen."

„Ja, mach das und laß dir Zeit. Es gibt heute nichts mehr zu tun."

Nachdem Anna gegangen war, nahm Hans ein Buch aus dem Regal, setzte sich auf die Terrasse und begann zu lesen. Etwa zwei Stunden später kehrte sie zurück.

„Verzeih mir, ich bin lange ausgeblieben. Ich traf vor dem Wohnheim eine Freundin und wir haben beim Reden die Zeit vergessen. Soll ich jetzt das Abendessen zubereiten?"

„Nicht notwendig; das hat Zeit. Wenn du möchtest, kannst du dich zu mir setzen und auch ein bißchen lesen bis es dunkel wird."

„Ach ja, das wäre fein. Möchtest du noch einen Kaffee?"

„Ja gerne."

Sie ging in die Küche, kam kurze Zeit später mit zwei gefüllten Bechern zurück, holte sich dann auch ein Buch, setzte sich zu ihm. Als es schließlich zu dunkel zum Lesen war, stand sie auf, bereitete das Abendessen zu, servierte es. Nachdem sie gespeist hatten, räumte sie ab, fragte Hans, ob er noch einen Wunsch hätte.

„Keinen speziellen; du kannst aber eine Flasche Wein und zwei Gläser mitbringen, dann können wir hier noch einige Zeit plaudern."

Es entspann sich eine nette Unterhaltung. Kurz nach zehn Uhr meinte sie schließlich.

„Ich bin müde, ich möchte mich jetzt schlafen legen."

„Ja", entgegnete Hans, „das ist eine gute Idee. Ich komme mit."

Sonntag

„Die Sonne scheint, es ist warm und ich bin jetzt den vierten Tag hier und habe noch nichts von der Insel gesehen, außer dem Hafen und dem Campus hier", meinte Hans am Morgen beim Frühstück, „es gehört doch sicher auch zu den Pflichten einer Dienerin ihrem Herrn die Insel zu zeigen? Oder etwa nicht?"

Anna zuckte mit den Achseln.

„Vielleicht", antwortete sie leicht spitzbübisch, „in den Richtlinien für Dienerinnen steht allerdings lediglich, daß es gestattet ist. Von Pflicht ist da nicht die Rede."

„Und wenn es der Herr wünscht?"

„Dann muß ich ihm damit dienen. Aber es hat bisher noch nie einer von mir verlangt."

Sie blickte ihn schelmisch an.

„Allerdings, es würde mich freuen, wenn du es wünschst. Es muß jedoch die nötige Distanz gewahrt bleiben. Das steht auch in den Richtlinien."

„Nötige Distanz ? Was bedeutet denn das schon wieder ?"

„Also, ich darf nicht neben dir gehen, muß drei Schritte zurückbleiben. Bei Autofahrten muß ich auf der Rückbank Platz nehmen, beim Fahrrad fahren muß ich hinter dir bleiben. Wir dürfen auch außerhalb des Campus in Cafes oder Restaurants nicht an einem Tisch sitzen."

„Und was ist überhaupt erlaubt ? Wie sollst du mir unter diesen Umständen die Insel zeigen können ?"

„Also, wenn wir uns außerhalb eines Gastronomiebetriebes in 'Ruheposition' befinden, also stehen oder sitzen, dann dürfen wir schon nahe beieinander sein, damit wir nicht schreien müssen um miteinander zu reden. Und am Strand dürfen wir in einem Minimalabstand von einem Meter entfernt liegen. Aber das geht auch nur außerhalb der offiziellen, beaufsichtigten Sandstrände für ausländische Mitarbeiter des Forschungszentrums und deren Angehörige, weil wir Dienerinnen diese Strände nicht betreten dürfen. Uns ist es nur erlaubt an den 'offiziellen' Strand für Einheimische zu gehen, da haben aber Ausländer keinen Zutritt. Baden darf man natürlich überall dort, wo es nicht ausdrücklich verboten ist."

„Na schön", grinste Hans, „das ist doch immerhin etwas."

„Aber, was soll ich dir hier zeigen ? Es gibt nichts, was ich als Sehenswürdigkeit anbieten könnte. Wir haben hier zwei größere Orte, einer davon ist das Verwaltungszentrum. Sie bestehen im wesentlichen aus Holzhäusern, von den Regierungsgebäuden abgesehen. Es gibt dort jeweils ein Kirche und einen kleinen Tempel, sonst nichts was erwähnenswert wäre. Landschaftlich reizend ist nur die Nordküste. Dort ist das Land felsig, fällt steil zum Meer hin ab, die Küste ist zerklüftet, weist viele kleine Buchten auf, der Strand ist schmal und steinig. Aber es ist ruhig und einsam dort, da sich kaum jemand hin verirrt. Ich liebe die Gegend. Es ist allerdings recht weit dahin, etwas mehr als zwanzig Kilometer."

„Das ist natürlich schlecht, denn ich habe keinen Bedarf für ein Auto am Wochenende angemeldet, bekomme also nichts."

„Wo ist denn das Problem. Wir haben doch Fahrräder."

„Zwanzig Kilometer sind für mich kein Problem. Aber ist das nicht zu weit für dich ? Wir müssen ja auch wieder zurück."

Anna blickte ihn groß an.

„Sei mir nicht böse, wenn ich das jetzt so direkt sage. Ich bin kein verzärteltes Dämchen. Ich war schon sehr oft dort."

„Dann steht einer Tour zur Nordküste nichts im Wege. Wann wollen wir aufbrechen?"

„Wann immer du willst."

„Gut, dann brechen wir nach dem Frühstück auf."

Sie fuhren zunächst die weitgehend durch Wald nach Norden führende, asphaltierte Straße, welche allerdings nach etwa zehn Kilometern auf einer Lichtung nahe einer meteorologischen Station endete.

„Wir müssen jetzt den Pfad da drüben nehmen. Er ist gut befahrbar bis etwa ein Kilometer von der Küste entfernt, dann wird er steinig und wir schieben dann besser. Allerdings führt er durchgehend leicht bergauf", erklärte Anna.

„Macht nichts, jetzt sind wir ja noch frisch. Und auf der Rückfahrt geht es dann bergab", bemerkte Hans.

Sie kamen gut voran. Zunächst führte der Pfad noch durch Wald, der nach wenigen Kilometern in eine Graslandschaft überging. Nach etwa einer Stunde erreichten sie die Küste. Sie war in der Tat stark zerklüftet; der Strand lag ungefähr fünfzig Meter tiefer, war von Felsen durchsetzt.

„Wenn du Lust hast, können wir uns erst einmal hier oben ein bißchen umschauen und später zum Strand hinabsteigen. Die Fahrräder lassen wir am besten hier zurück und gehen zu Fuß weiter, es geht auch noch ein Stück aufwärts."

„Wir haben doch genügend Zeit", meinte Hans, „ja, laß uns erst ein bißchen hier oben herumlaufen. Es ist auch nicht nötig, drei Schritte Abstand zu halten. Ich glaube kaum, daß sie uns aus der Luft beobachten."

Er faßte ihre Hand, bemerkte ein Leuchten in ihren Augen.

Nach etwa einer Stunde erreichten sie eine Landzunge, die etwa fünfhundert Meter ins Meer hinaus führte.

„Komm, wir gehen bis zur Spitze."

Sie erreichten sie nach wenigen Minuten.

„Das ist der nördlichste und auch der höchste Punkt der Insel", erklärte Anna, „von hier aus hat man einen herrlichen Blick, auch nach Osten und nach Westen. Und es ist wundervoll mitanzusehen, wie die Sonne am Morgen aus dem Meer aufsteigt und am Abend im Meer versinkt. Das müssen wir uns unbedingt einmal anschauen." Hans strahlte.

„Na klar; wir nehmen ein Zelt mit und übernachten. Es gibt hier doch keine wilden Tiere ?"

„Nein, die gibt es nicht. Ja, und es wäre herrlich, hier auch einmal eine Nacht zu verbringen."

Sie fiel ihm um den Hals, küßte ihn. Nachdem sie eine Weile gesessen und in die Weite des Ozeans geblickt hatten kehrten sie um.

„Es spielt keine Rolle, wo wir heruntersteigen. Der Strand ist überall wild; und das Wasser ist überall klar; und einsam ist es auch an allen Stellen."

Sie stiegen den nächsten gangbaren Weg hinab. Sie hatten kleine Badematten mitgebracht, die sie an einer weniger steinigen Stelle im Schatten eines Felsens ausbreiteten. Hans nahm eine Flasche Wasser aus dem Rucksack, reiche sie Anna.

„Du hast doch sicher Durst ?"

Sie blickte die Flasche zögerlich an.

„Ja, schon."

Hans bemerkte ihre Unsicherheit.

„Das geht schon in Ordnung."

Sie lächelte.

„Danke."

Sie nahm die Flasche, trank, reichte sie dann Hans; der nahm auch einen großen Schluck.

„Ich möchte jetzt schwimmen", sagte sie nach einer Weile, entkleidete sich, lief zum Wasser.

„Komm doch auch. Oder hast du Scheu ?"

Hans zog ebenfalls seine Kleidung aus, folgte ihr. Das Wasser war angenehm warm, leichter Wellengang. Sie schwammen umher, mal weiter entfernt, mal näher zusammen; und dabei scheuten sie sich nicht sich gegenseitig zu berühren. An einer seichten Stelle etwas draußen, an der man stehen konnte, umarmten und küßten sie sich schließlich. Sie lächelten sich an, jeder empfand die Berührung des Körpers des anderen als angenehm. Dann trennten sie sich wieder, schwammen weiter. Endlich stiegen sie aus dem Wasser, legten sich auf die Matten, blickten sich eine Weile schweigend an, redeten dann leise und zärtlich miteinander, begannen, sich gegenseitig an Kopf

und Hals zu streicheln. Als Hansens Hand dann etwas tiefer fuhr, ihre Brust berührte, bemerkte er ein leichtes Zittern ihres Körpers und einen ängstlichen Blick in ihren Augen. Sie sagte aber nichts. Doch Hans verstand, daß die Zeit für intimere Berührungen noch nicht gekommen war. Er nahm seine Hand zurück, streichelte ihr Gesicht, das sich nun wieder aufhellte, küßte sie endlich, sagte dann:
„Ich gehe nochmals ins Wasser. Kommst du mit ?"
„Ja, natürlich."

Sie blieben bis zum späten Nachmittag. Sie blieben allein. Niemand störte sie.
„Auch wenn es noch so schön ist. Ich denke wir müssen aufbrechen, damit wir vor Einbruch der Dunkelheit wieder zurück sind", meinte Anna schließlich.
Und in der Tat, die Sonne war bereits untergegangen als sie den Bungalow erreichten.
Anna bereitete das Abendessen zu, das sie dann auf der Terrasse einnahmen. Sie unterhielten sich dann noch lange bei einer Flasche Wein.
„Das war ein schöner Beginn", sagte Hans schließlich, „ich denke, wir werden eine wundervolle Zeit miteinander verbringen. Aber jetzt sollten wir schlafen gehen."

Der Alltag

Am nächsten Morgen begann der Alltag. Hans trat seine Stelle an. Es waren zunächst noch einige administrative Angelegenheiten zu erledigen, dann begann er mit der Inspektion der Labore und deren Einrichtungen; er versammelte seine Untergebenen, stellte sich vor. Die folgenden beiden Wochen verbrachte er weitgehend damit sich mit seinen Aufgaben vertraut zu machen. Er stellte bald fest, daß er über eine eingespielte Mannschaft verfügte, jeder seine Aufgaben kannte und sie gewissenhaft, nach besten Kräften durchführte. Manche Betriebsabläufe waren ihm anfangs wohl etwas fremd, er hätte sie auch anders organisiert, da sie sich aber offensichtlich bewährt hatten und sie der Mentalität der Mitarbeiter entsprachen, beschloß er alles beim Alten zu lassen, sofern Änderungen nicht zwingend notwendig erschien, um unnötige Reibereien zu vermeiden. So konzentrierte er sich auf neue Projekte, deren Durchführung er nach seinen Vorstellungen gestaltete.

Es wurden in den Labors nicht nur Proben analysiert, welche andere Forschergruppen zur Verfügung stellten, sondern es wurden auch eigene Forschungsaktivitäten durchgeführt, so daß es notwendig wurde, öfters einige Tage unterwegs zu sein, auf dem Meer oder auch auf anderen Inseln Messungen durchzuführen sowie Wasserproben, Gesteinsproben oder auch Pflanzenproben einzusammeln.

Seine Art zu führen brachte ihm die Achtung und Ergebenheit seiner Untergebenen, die Anerkennung seiner Leistungen durch die Direktion ein, so daß er insgesamt zufrieden sein konnte.

Auch das Verhältnis zu Anna entwickelte sich positiv. Die Vertrautheit zueinander wuchs und allmählich lösten seine Berührungen bei ihr keine Angstgefühle mehr aus, vielmehr begann sie, diese zu genießen. Sie wurden immer intensiver, bis es schließlich zu intensivsten Kontakten kam, die beide stets auf höchst beglückten. Anna war für ihn längst keine 'Dienerin' mehr, sondern eine Vertraute, eine 'Lebenskameradin', wie er sich einmal im Kollegenkreis ausdrückte. Er ging mit ihr häufig zum Essen in eines der Restaurants auf dem Campus, besuchte mit ihr Theateraufführungen und Konzerte, die gelegentlich angeboten wurden oder auch das Kino. Am Wochenende fuhren sie regelmäßig zum Schwimmen zu den einsamen Stränden im Norden der Insel, übernachteten dort auch gelegentlich in einem Zelt um Sonnenuntergang und Sonnenaufgang zu genießen.

Beide lasen sehr viel, saßen abends oft lange auf der Terrasse, diskutierten über das Gelesene. Es war für beide eine wundervolle Zeit.

Kontakte zu anderen knüpfte Hans nicht. Einerseits wollte er soviel Zeit wie möglich mit Anna verbringen, andererseits merkte er bei den wenigen Treffen mit Kollegen, daß es keine nennenswerten Gesprächsthemen gab und er sich sichtlich langweilte, wenn sie sich über nichts anderes unterhielten als über Sportereignisse, irgendwelche beliebte Computerspiele oder aktuelle niveaulose Filme, die ihn nicht interessierten und die er nicht kannte. Und er sah keinen Grund mit solch langweiligem Geschwätz seine Zeit zu verschwenden. Da waren ihm die den Geist anregenden Unterhaltungen mit Anna wesentlich lieber.

Nicht zu vermeiden waren allerdings die offiziellen Empfänge und Veranstaltungen, meist im Zusammenhang mit Besuchen von Delegationen aus Anteilsstaaten der Organisation und die Einladungen von Gunnarsson, der gerne Feste für seine Mitarbeiter oder die Führungskräfte des Forschungszentrums gab. Hans kam sich dort immer etwas verloren vor. Er hätte zwar keine Bedenken gehabt, Anna auch dorthin mitzunehmen, sie schlug aber seine Bitten stets mit der Begründung aus, dies sei, wenn auch nicht offiziell verboten, ein unausgesprochener Verstoß gegen die Regeln, denn dort hätten Dienerinnen nichts zu suchen, seien unerwünscht. Auch die häufigen gemeinsamen Besuche von Restaurants und Veranstaltungen schienen Anna nicht recht zu sein, sie zog oft ein bedenkliches Gesicht, was Hans nicht so sehr beachtete, da er der Ansicht war, daß sich Anna als 'Dienerin' mehr herabsetzte oder auch herabgesetzt fühlte als notwendig war.

Da Hansens Meinung nach alles ruhig lief und er keine Probleme sah, wunderte er sich, als nach etwas mehr als einem halben Jahr, ihn der administrative Direktor, Julian Malaabar, zu einem Gespräch einbestellte.

Der Besuch beim Direktor

Hans betrat das Zimmer des administrativen Direktors.
„Guten Morgen, Herr Direktor, Sie haben mich einbestellt ?"
„Guten Morgen, Herr Doktor Frankenberger", begann er, „setzen Sie sich bitte. Und verwenden Sie doch dieses häßliche Wort 'einbestellt' nicht. Sie sind doch nicht zu einen Tribunal geladen. Ich habe Sie lediglich um ein Gespräch gebeten, keine ernsthafte Angelegenheit. Es betrifft Ihre Dienerin, Frau Orlirli."
„Meine Dienerin ? Ich verstehe nicht ganz ? Was ist mit meiner Dienerin ?"
„Nun ja, es wurde ein ungewöhnliches Verhalten festgestellt."
„Ungewöhnliches Verhalten ? Inwiefern ?"
„Nun ja, sie ist doch Ihre Dienerin. Ist es nicht ungewöhnlich, mit einer Dienerin so häufig Restaurants zu besuchen, Theateraufführungen, Konzerte oder das Kino ?"

Hans witterte Gefahr. Er konnte sich zwar nicht vorstellen, auf was der Direktor aus war, es war aber mit Sicherheit nichts Gutes. Er beschloß daher vorsichtig zu sein.

„Ich sehe darin nichts ungewöhnliches. Wissen Sie, ich lebe alleine hier, bin zugegebener Maßen auch etwas kontaktscheu, habe daher keine Freunde. Ich habe allerdings auch kein Interesse daran, abends nur zuhause herumzusitzen, möchte auch ausgehen, auch die hier gebotenen kulturellen Veranstaltungen besuchen. Ist es daher ungewöhnlich, daß ich meine Dienerin sozusagen als Gesellschafterin mitnehme ? Ich habe wirklich keine Lust, mich alleine in ein Restaurant zu setzen. Es mir auch ein Bedürfnis, mit jemanden über ein Theaterstück oder einen Film zu reden, zu diskutieren. Das geht doch nur, wenn die andere Person den Film oder das Theaterstück auch gesehen hat. Oder etwa nicht ?"

„Ja, da muß ich Ihnen Recht geben."

„Es freut mich, daß Sie das auch so sehen. Sie haben mir ja auch die Ehre erwiesen, eine Dienerin zu geben, die nicht nur äußerst intelligent und gebildet ist, sondern auch noch meine Sprache spricht. Damit ist sie doch auch die ideale Person für derartige Unterhaltungen. Und ich glaubte bisher, Sie hätten bei der Auswahl diesen Aspekt durchaus im Auge gehabt."

Der Direktor verzog leicht das Gesicht.

„Ja natürlich, natürlich."

„Und dafür danke ich Ihnen ja auch von ganzen Herzen."

Der Direktor gab sich Mühe eine freundliche Mine aufzusetzen.

„Nun ja, dann ist ja alles in Ordnung. Und Sie haben also keine Beschwerden gegen Ihre Dienerin ?"

„Nein, auf gar keinen Fall. Wie sollte ich auch ?"

„Nun ja", meinte der Direktor, „ich will ganz offen zu Ihnen sein. Ab und zu gibt es Beschwerden. Manche Dienerinnen sind unverschämt und verlangen von ihren Herren gewisse 'Vergünstigungen' als Gegenleistung für Ihre besonderen Dienste. Sie verstehen, was ich meine ?"

Hans lächelte.

„Nein, da können Sie ganz beruhigt sein; Frau Orlirli versieht ihren Dienst zu meiner vollsten Zufriedenheit, verhält sich mir gegenüber äußerst korrekt und vorbildlich. Manchmal habe ich sogar den Eindruck, es ist ihr gar nicht so recht, sich so häufig an meiner Seite in der Öffentlichkeit zu zeigen, da dies zu Mißverständnissen führen könne. Mir war, ehrlich gesagt, bisher gar nicht klar, was sie damit meinte. Aber jetzt, nachdem Sie mich aufgeklärt haben, verstehe ich ihre Bedenken. Nein, es gibt wirklich keinen Grund zur Klage."

„Dann bin ich ja beruhigt und es ist wohl auch nicht notwendig die Dienerin auszutauschen."

„Nein, auf gar keinen Fall, ich wäre darüber auch sehr ungehalten."

„Wieso das?"

„Nun ja, man würde sie damit aufgrund falscher Verdächtigungen in schlechtes Licht rücken. Das wäre äußerst ungerecht. Verstehen Sie mich jetzt bitte nicht falsch. Als ihr Herr fühle ich mich verpflichtete, meine Dienerin gegen unberechtigte Vorwürfe und Verdächtigungen zu verteidigen, genau so, wie ich es als Bereichsleiter gegenüber meinen Untergebenen auch tue."

„Sie brauchen sich nicht zu ereifern. Davon ist ja nun auch keine Rede. Einen schönen Tag noch."

Hans verabschiedete sich.

Am Abend erzählte er Anna von der Begebenheit.

„Also ich verstehe nicht, worauf er hinaus wollte. Es ist doch nicht verboten, sich mit dir in der Öffentlichkeit zu zeigen. Und das sogenannte Argument, daß manche Dienerinnen ihre Gunst, die sie erweisen, ausnutzen, glaube ich ihm nicht", endete er, „ich will damit nicht behaupten, daß es solche Fälle nicht gibt, aber mir gegenüber wollte er nur von der wirklichen Absicht ablenken, die hinter dem Gespräch stand. Kannst du dir dieses merkwürdige Verhalten erklären?"

Anna grinste ihn an.

„Aber sicher!" antwortete sie, „das ist nichts ungewöhnliches. Wir werden beobachtet. Und aus unserem Verhalten schlossen sie, daß unser Verhältnis zueinander etwas anders ist als es zwischen einem Herrn und seiner Dienerin sein sollte; persönlicher, wenn ich das so sagen darf."

„Ich verstehe, sie schließen auf eine Art Liebesverhältnis."

„Ja, konkret, daß du dich in mich verliebt hast. Und wenn du dann beim Gespräch mit dem Direktor nicht aufpaßt, dann entlockt er dir schon die Aussage, daß du dich in deine Dienerin verliebt hast."

„Da gebe ich dir Recht, ich hatte schon den Eindruck, daß er auf so etwas hinaus wollte. Aber was soll das ? Das ist doch nicht verboten."

„Nein, offiziell ist es das nicht. Aber ich bin doch deine Dienerin, nicht deine Freundin oder Geliebte."

„Ich verstehe nicht, auf was das hinausläuft."

„Das ist ganz einfach: wenn du zugibst in mich verliebt zu sein, dann wird dir der Direktor ganz freundlich erklären, daß ich deine Dienerin bin und als solche gewisse Verpflichtungen gegenüber dem Staat habe. Und er wird dir dann sagen, es bestehe natürlich im Prinzip die Möglichkeit mich zu heiraten, allerdings müßte ich zuvor offiziell aus der Dienerschaft entlassen werden. Er wird dann weiter ausführen, das sei prinzipiell überhaupt kein Problem, allerdings müsse bedacht werden, daß der Staat erhebliche Mittel in meine Ausbildung investiert habe und es daher nur recht und billig sei, für eine vorzeitige Entlassung aus der Dienerschaft eine gewisse finanzielle Kompensation zu verlangen. Und da kommen dann üblicherweise zwanzig- bis dreißigtausend Dollar zusammen."

„Und wenn man nicht auf den Vorschlag eingeht ?"

„Dann passiert zunächst gar nichts. Aber ein paar Wochen später erhältst du dann die Nachricht, daß die Dienerin ausgetauscht wird. Irgend eine fadenscheinige Begründung finden sie immer. Dann hast du die letzte Chance zu zahlen oder du bist mich los. Was würdest du in einem solchen Fall tun ?"

Hans überlegte nicht lange.

„Da würde ich doch sicher lieber bezahlen als zusehen, daß du einem anderen in die Hände gegeben wirst. Darauf läuft das doch hinaus."

„Ja natürlich. Aber siehst du, daher sollten wir in Zukunft unsere Gefühle zueinander in der Öffentlichkeit nicht so offen zeigen."

„Ich verstehe."

Anna schwieg eine Weile.

„Sei mir jetzt nicht böse, aber es ist doch so, wir Südseeinsulaner sind für euch Weiße doch nur eine untergeordnete, ja für viele sogar eine minderwertige Rasse. Ihr bezeichnet uns sogar mit dem häßlichen Wort 'Kanaken', was für uns Toraner schon aus ganz anderen Gründen eine Beleidigung ist. Ich habe zur Genüge Typen kennengelernt, die uns von oben herab betrachteten. Das war nicht immer böse und vorsätzlich abwertend gemeint. Ich habe dir ganz am Anfang von meinem zweiten Herrn, der auch aus Deutschland kam, erzählt. Er war immer lieb und nett, aber er hat mich nie als einen erwachsenen, gleichwertigen Menschen behandelt, stets nur als kleines, unwissendes, unmündiges Kind. Und dann gibt es die anderen, die mir noch widerlicher sind. Die unterdrücken mit aller Gewalt ihre Überlegenheitsgefühle, stilisieren uns zu gleichwertigen, manchmal sogar zu überlegenen Menschen hoch, tun alles um uns zu gefallen. Ja, sie scheuen nicht davor zurück sich selbst zu erniedrigen. Diese rückgratlosen Leute entschuldigen sich bei jeder Gelegenheit dafür, daß sie Weiße sind und uns Farbige Jahrhunderte lang unterdrückt, versklavt und ausgebeutet haben. Dabei waren wir nur etwa siebzig Jahre englisches Protektorat und es wurden auch nie Toraner versklavt. Und jede negative Bemerkung uns gegenüber oder auch Kritik, selbst wenn sie berechtigt ist, wird von ihnen als rassistische Hetze verdammt. Aber mit dir habe ich da Schwierigkeiten. Dich kann ich keiner dieser Gruppen zuordnen. Du hast mir gegenüber nie eine Bemerkung zu meiner Rassenzugehörigkeit gemacht, weder eine positive noch eine negative."

Sie lachte.

„Manchmal denke ich, du bist farbenblind und hast noch gar nicht gemerkt, daß ich dunkelhäutig bin. Du hast mich stets als gleichwertigen Menschen behandelt. Warum?"

Hand überlegte nicht lange.

„Warum? Du sprichst meine Sprache, wir sind uns im Denken und Fühlen sehr ähnlich, haben viele gemeinsame Interessen. Genügt das nicht? Du bist eine wundervolle Frau, eine echte Kameradin. Ich sehe es als völlig überflüssig an, jemandem ständig zu sagen, was man von ihm hält, wie man ihn sieht, es reicht, wenn man es ihm zeigt. Nicht Worte zählen, sondern Taten. Und ich hasse es auch Vergleiche anzustellen. Du bist du, und ich mag dich so wie du bist. Und wenn mir eine andere besser gefiele, dann würden wir jetzt nicht hier zusammensitzen."

Anna fiel ihm um den Hals.

„Das ist schön gesagt, aber das schafft das Problem, mit dem wir konfrontiert sind, nicht aus der Welt. Diese Rassenansichten existieren und treten vielfältig in Erscheinung. Das weiß auch die Führungsschicht unseres Landes. Und gerade dies macht das Amt der

Dienerin so delikat. Du weißt ja selbst, daß es in unserem Volk eine alte Tradition ist, geachteten Fremden eine Dienerin zu reichen, über die er verfügen kann, auch zur Befriedigung seiner sexuellen Lust. Aber es ist dabei eines klar: sie ist die Dienerin, sie ist ihrem Herren untergeordnet, sie ist nicht gleichwertig, ist keine Kameradin. Und indem du mich als gleichwertig betrachtest, mich in der Öffentlichkeit wie eine Freundin, wie eine Dame behandelst, verletzt du diese Tradition, zeigst damit dem Direktor, daß dich unsere Gebräuche nicht interessieren und damit unser Volk geringschätzt, uns für unzivilisierte Menschen hältst, für Angehörige einer untergeordneten, primitiven Rasse."

Hans blickte sie erstaunt an.

„Und wenn sich der Herr in die Dienerin verliebt?"

„Das ist in dieser Tradition nicht vorgesehen. In eine freie Frau, auch wenn sie nur eine Küchenmagd ist, kannst du dich schon verlieben, aber nicht in deine Dienerin."

Hans atmete tief durch.

„Eine seltsame Logik, auf solche Gedankengänge muß man erst einmal kommen. Das heißt doch konkret: je herablassender ich dich behandele, desto mehr achte ich dich."

„Nein, ganz so ist es nicht. Herablassend darfst du mich schon behandeln, aber nicht mißbrauchen. Du solltest vielmehr sagen, je herablassender du mich behandelst, desto mehr achtest du unser Volk und unsere Tradition. Ich bin nur ein Objekt in diesem Spiel, das nicht viel zählt."

Sie pausierte kurz.

„Sei mir nicht böse, wenn ich das so drastisch sage. Aber es geht doch um uns ! Deshalb mußt du diese Gedankengänge verstehen. Ich weiß, du liebst mich und ich liebe dich auch. Könntest du es ertragen, wenn sie mich dir wegnehmen würden und mich einem anderen geben ? Was würdest du empfinden, wenn du daran denken müßtest, daß sich gerade ein anderer an der Frau vergnügt, die du liebst ?"

Hans schaute sie groß an.

„Aber das ist die Realität", fuhr Anna fort, „das können sie machen. Und wir waren nahe an dem Punkt. Du konntest das zwar jetzt noch einmal abbiegen. Aber was weiter ? Sei dir nicht so sicher, daß dies nicht doch noch passiert."

„Und was können wir tun ? Fliehen ?"

„Fliehen, das ist unmöglich. Ich habe keinen Paß. Den erhalte ich erst nach Ende meiner Dienstzeit. Kein Schiff wird mich mitnehmen. Soll ich etwa bis nach Australien schwimmen ? Von den Nachbarinseln würden sie mich zurückbringen, die gehören ja auch zu unserem Staat. Und außerdem: ich könnte dann nie mehr in meine Heimat zurück. Das will ich vermeiden. Nein, Fliehen geht nicht. Wir müssen vorsichtig sein. Wie wir hier im Hause miteinander umgehen, das merkt keiner, das ist unsere Sache. Aber draußen liegen sie auf der Lauer. Die Restaurantbesuche sollten wir weitgehend einstellen, wir sollten auch niemals nebeneinander gehen, ich muß immer drei oder vier Schritte zurückbleiben. Theatervorstellungen oder Konzerte können wir schon zusammen besuchen. Aber wir sollten niemals nebeneinander sitzen; ich muß immer einen schlechteren Platz einnehmen."

Sie schwieg kurz.

„Natürlich könnte mich der Direktor auch so jederzeit dir als Dienerin entziehen. Aber das wird er ohne triftigen Grund nicht tun. Er braucht einen Vorwand, eine Verfehlung meinerseits; daß du mich nicht von oben herab behandelst, das genügt nicht. Es würde keinen guten Eindruck machen, dir eine neue Dienerin unterzuschieben, nur weil du die alte wertschätzt. Und er müßte auf jeden Fall den Austausch dir gegenüber begründen. Du könntest Einwände erheben, dich beschweren, es herumerzählen, dich weigern eine neue Dienerin anzunehmen. Damit würde er sich mit Gewißheit Ärger einhandeln und möglicherweise würde das am Ende das ganze System untergraben."

„Ich könnte auch behaupten, eine Frau, die ich nicht wertschätze kann mir keine gute Dienerin sein."

„Ja, das ist auch so ein Punkt. So denkst du. Aber so denken nicht alle Männer; vielen genügt es eine Frau zur Befriedigung ihrer sexuellen Bedürfnisse zu haben. Daneben haben sie nur wenig Interesse an ihr, verlangen oft auch gar keine anderen Dienste. Meinem letzten Herren ist es niemals eingefallen sich mit zusammenzusetzen und sich mit mir zu unterhalten, wie wir das tun. Er hat auch kein einziges Mal sich mit mir an einen Tisch gesetzt und gegessen. Der Direktor weiß natürlich, daß es gravierende Unterschiede gibt und er muß es so einrichten, daß er niemanden verärgert. Das ist eine verzwickte und im Grunde genommen auch eine lächerliche Situation.

Aber es gibt auch eine rote Linie, die nicht überschritten werden darf: eine Dienerin darf niemals mit einer Ehefrau auf die gleiche Stufe gestellt oder gar als Quasi – Ehefrau in die 'große Gesellschaft' eingeführt werden. Das stellt eine Verletzung der Rangordnung dar. Natürlich würde man dir gegenüber dies niemals als Grund angeben, schon wegen Verletzung der Menschenwürde oder so, aber sie würden dann versuchen, mir eine Verfehlung anzuhängen, aufgrund deren es unzumutbar und beleidigend für dich wäre, mich als Dienerin behalten zu müssen. Verstehst du, was ich meine? Und irgendetwas finden die schon, wenn sie wollen. Notfalls wird da etwas 'nachgeholfen'. Das heißt, wir müssen alles vermeiden, was ihre Aufmerksamkeit auf uns lenken könnte, in der Öffentlichkeit also zurückhaltend sein."

Hans blickte leicht betroffen.

„Schau doch nicht so bitter. Meine Dienstzeit läuft in gut zwölf Monaten aus. Das halten wir durch. Und hinterher können wir machen, was wir wollen."

„Gut, wir werden es schaffen."

Die Probe

Etwa vier Wochen später besuchten Anna und Hans ein Konzert im 'Sozialzentrum'. Sie saßen, wie verabredet, voneinander getrennt, trafen sich auch während der Pause nicht. Nach Ende der Aufführung kam Herr Malaabar auf Hans zu.

„Schön, daß ich Sie treffe. Da können wir die Sache bei einem Glas Wein gleich besprechen und ich brauche Sie nicht morgen in mein Büro zu bitte. Es geht um Ihren Antrag auf Bewilligung zusätzlicher Etatmittel zur Beschaffung eines Detektorsystems."

Hans zögerte kurz. Er und Anna hatten vereinbart zusammen zum Bungalow zurückzugehen. Nahm er das Angebot des Direktors an, so mußte sie alleine durch die Dunkelheit zurück laufen und würde vielleicht verärgert sein. Er konnte sie nun in der Masse der Anwesenden allerdings nicht sehen und es gab keine Möglichkeit rasch mit ihr Kontakt aufzunehmen. Er erinnerte sich dann allerdings an das Gespräch mit Anna nach dem Besuch beim Direktor vier Wochen zuvor, ließ sich seine Sorgen um Anna nicht anmerken sondern antwortete:

„Gerne, Herr Direktor; entschuldigen Sie, aber ich mußte mir nur den Vorgang erst einmal kurz vor Augen halten. Wissen Sie, die Antragstellung liegt ja auch schon wieder zwei Monate zurück."

„Ja, ja, das ist richtig; die Prüfung hat einige Zeit in Anspruch genommen. Es sind allerdings noch einige kleinere Fragen übrig. Aber das können wir beim Wein besprechen."

Sie begaben sich dann in das zum 'Sozialzentrum' gehörende Lokal, nahmen auf der Terrasse Platz. Die Besprechung nahm nicht allzu viel Zeit in Anspruch, dauerte nur eine Viertelstunde. Sie saßen danach noch eine knappe Stunde zusammen bis die Flasche Wein leer war, plauderten, belanglose Sachen. Die Dienerin wurde nicht erwähnt.

„Danke, das hast du gut gemacht", empfing ihn Anna als er zum Bungalow zurückkam, „er wollte dich auf die Probe stellen. Er wußte, daß ich anwesend war und wollte sehen, wie du reagierst, wenn er dich sozusagen von mir abzieht. Weißt du, er ist der Meinung, die Dienerin hat kein Recht darauf, auf ihrem Heimweg von ihrem Herrn begleitet zu werden, sie kann alleine gehen. Und jede Gefühlsregung, aus der er hätte erkennen können, daß du an mich denkst, hätte dich verraten. Aber alles ist gut gegangen. Ich hoffe, sie lassen uns jetzt in Ruhe. Aber sicher ist das nicht. Wir müssen weiterhin vorsichtig sein."

Die Erlösung

Die Monate verflogen. Auch wenn es sehr schwer fiel, Anna und Hans verbargen geflissentlich, daß sie ein Paar waren. Hans litt des öfteren sehr darunter und Anna, die es gewohnt war, sich unterzuordnen und ihre Gefühle zu unterdrücken, redete ihm dann immer wieder Mut zu. Bei einem europäischen Paar hätte diese insgesamt etwas mehr als ein Jahr anhaltende angespannte Situation sicherlich negative Auswirkungen auf die Beziehung gehabt, was durchaus zu verstehen gewesen wäre. Anna und Hans jedoch schweißte die Gefahr, beim kleinsten Fehler auseinandergerissen zu werden, zusammen.

Eines Morgens bestellte der administrative Direktor Hans zu sich.

„Guten Morgen, Herr Doktor", begrüßte er ihn, „heute habe ich Ihnen eine vielleicht unangenehme Mitteilung zu machen."

„Was gibt es, Herr Direktor?"

„Nun ja, ich muß Ihre Dienerin abziehen."

Hans ahnte, was Sache war, stellte sich aber überrascht.

„Meine Dienerin abziehen? Was ist vorgefallen, Herr Direktor, daß Sie solch einen Schritt unternehmen müssen?"

„Vorgefallen ist nichts. Und hat Ihnen Ihre Dienerin nichts erzählt? Aber sicher hat Sie Ihnen etwas erzählt. Verstellen Sie sich doch nicht."

„Bitte, Herr Direktor, worum geht es?"

„Herr Doktor, die Dienerinnen haben eine Amtszeit von insgesamt zehn Jahren. Bei Frau Orlirli sind diese zehn Jahre morgen um. Und sie hat nicht mit Ihnen darüber gesprochen? Das glaube ich Ihnen nicht."

Hans lächelte.

„Natürlich, sie hat das einmal, es ist noch gar nicht so lange her, erwähnt, aber ich habe da wohl etwas mißverstanden. Sie sagte, daß sie nach Ablauf ihrer zehnjährigen Dienstzeit keinen neuen Herrn mehr erhält. Ich glaubte daher, ihre Dienstzeit bei mir erstrecke sich bis zum Ende meiner Erstvertragsdauer. Das ist in etwa fünf Monaten. Mittlerweile habe ich mich entschlossen, meinen Vertrag um ein Jahr zu verlängern; daß sie noch so lange bei mir bleiben muß, habe ich natürlich nicht angenommen."

Der Direktor lächelte.

„Nein, nein, zehn Jahre sind zehn Jahre, das exakte Datum gilt. Übermorgen kann sie nicht mehr Ihre Dienerin sein. Ich muß sie abziehen. Sie hat ein Recht darauf nun frei zu sein."

Hans seufzte heuchlerisch.

„Dann muß sie also morgen mein Haus verlassen?"

„Ja, das muß sie", antwortete der Direktor mit gespieltem Ernst.

„Schade, aber ich denke, ich werde auch alleine zurecht kommen."

Der Direktor blickte ihn schmunzelnd an.

„Ich hätte jetzt eine ganz andere Reaktion von Ihnen erwartet."

„Und welche?"

„Nun ja, die Frage, ob Sie nun eine neue Dienerin erhalten."

„Nun, Herr Direktor, es war eine großzügige Geste von Ihnen, mir eine Dienerin zur Verfügung zu stellen. Ich habe da nichts zu fordern."

„Nun, vielleicht möchten Sie auch gar keine neue Dienerin", der Direktor lächelte leicht spitzbübisch, „weil eine neue Dienerin nur stören würde."

Er pausierte; er hatte bemerkt, daß Hans ihn weder fragend noch erstaunt, sondern erwartungsvoll anschaute, gespannt war, was der Direktor nun vorbringen würde, doch der sagte nichts. Um das Schweigen zu unterbrechen fragte Hans daher:

„Und warum sollte eine neue Dienerin stören?"

„Vielleicht, weil Sie die alte behalten möchten."

„Aber Sie sagten doch gerade, daß das nicht geht."

Der Direktor lachte.

„Sind Sie so naiv oder stellen Sie sich nur so? Ich schätze, Sie verstellen sich und wollen nun ein bißchen mit mir spielen, so wie Sie sich das letzte Jahr überhaupt verstellt haben. Sie haben nach außen hin die Form gewahrt, aber mich täuschen Sie nicht. Ich bin mir völlig sicher zu wissen, was sich wirklich zwischen Ihnen und Frau Orlirli abgespielt hat. Das ist für Sie als Deutscher vielleicht normal, aber es entspricht nicht den Vorstellungen oder auch dem Geist der Dienerschaft, die wir haben. Sie ist ja keine Partnerschaftsvermittlung. Allerdings waren Sie vorsichtig genug, mir keinen Vorwand zum Eingreifen zu liefern. Und willkürliche Maßnahmen mag ich nicht, sie hätten mir auch nur Ärger gebracht, wenn Sie sich beschwert hätten. Aber das ist nun Historie. Natürlich muß Frau Orlirli morgen bei Ihnen ausziehen. Aber was hindert sie daran, demnächst wieder bei Ihnen einzuziehen? In unserem Land ist es zwar verpönt, daß eine Frau und ein Mann unverheiratet zusammenwohnen, aber der Campus besitzt einen Sonderstatus, hier ist es erlaubt; und auch Frau Orlirli, obwohl sie Staatsbürgerin unseres Landes ist, besitzt ein Recht darauf. Wir dürfen das auch nicht zu ihrem Nachteil auslegen. Das habe ich auch gar nicht vor."

Er schwieg kurz.

„Für ehemalige Dienerinnen gibt es allerdings eine Sperrfrist von sieben Tagen. Aber das weiß Frau Orlirli."

„Vielen Dank, Herr Direktor."

„Schon gut; und führen Sie Ihre Dienerin heute Abend zum Essen aus."

„Danke, wir werden Sie auch zu unserer Hochzeitsfeier einladen."

„Hochzeitsfeier?"

„Ja natürlich, Anna erhält ja die Erlaubnis zum Heiraten wenn ihre Dienstzeit um ist und wird dann die notwendigen Papiere beantragen. Ich habe meine schon. Trauen lassen wir uns dann auf dem deutschen Konsulat in Papeete."

Hans verabschiedete sich.

„Eine traurige Nachricht", meinte Hans als er am Abend in den Bungalow zurückkehrte, „wir müssen uns trennen."

„Ich weiß", entgegnete Anna, „für sieben Tage. Hältst du es so lange ohne mich aus."

„Schwerlich."

„Kein Problem. Ich muß nur offiziell ein Zimmer im Wohnheim beziehen, ein paar Sachen hinbringen. Aber ob ich nachts auch in dem Bett dort schlafe, danach fragt keiner."

Epilog

Zwei Tage später trafen sich Professor Gunnarsson und der administrative Direktor, Herr Malaabar, mittags in der Cafeteria.

„Darf ich mich zu Ihnen setzen, Herr Professor?"

„Bitte, nehmen Sie Platz."

Malaabar setzte sich.

„Sie haben mir doch sicher eine brandheiße Neuigkeit zu erzählen?" fragte Gunnarsson leicht grinsend.

„Sicher", lautete die Antwort, „oder wissen Sie es etwa schon?"

„Was sollte ich wissen?"

„Einer Ihrer Bereichsleiter heiratet demnächst."

„So? Und wer?"

Malaabar grinste. Gunnarsson dachte kurz nach.

„Hm, da kommt doch eigentlich nur Frankenberger in Frage. Ich wußte gar nicht, daß er eine Freundin hat. Wer ist denn die Unglückliche?"

Der administrative Direktor lächelte schelmisch.

„Raten Sie doch mal."

Gunnarsson blickte ihn groß an.

„Doch nicht etwa seine Dienerin, diese Anna Orlirli ? Nein, das geht doch nicht. Sie darf doch nicht ihren Herrn heiraten."

„Sie haben den Nagel auf den Kopf getroffen, aber eine Kleinigkeit übersehen. Sie ist nicht mehr seine Dienerin. Ihre Dienstzeit ist gestern abgelaufen. Sie ist jetzt frei und kann heiraten wer sie nimmt, auch Frankenberger. Die Sperrfrist beträgt nur sieben Tage."

Gunnarsson schüttelte den Kopf.

„Ein Bereichsleiter heiratet seine Dienerin. Ist so etwas schon einmal vorgekommen ?"

„Während meiner Amtszeit nicht. Und ich bin jetzt knapp zwölf Jahre hier."

„Das ist vielleicht gar keine so schlechte Entwicklung", meinte jetzt Gunnarsson, „Frankenberger ist ein fähiger Mann. Ich würde ihn gerne halten. Er wäre ein geeigneter Nachfolger, wenn ich in drei Jahren in Rente gehe. Er will seinen Vertrag aber nur um ein Jahr verlängern, da ihn sein Heimatinstitut nicht länger beurlaubt. Vielleicht hält ihn das Weib jetzt ganz hier."

Er schwieg kurz, trank einen Schluck Wein:

„Aber dann ist Ihr Plan also aufgegangen, Herr Malaabar."

„Ja, es sieht ganz so aus. Und ehrlich gesagt, ich bin nun sehr erleichtert. Wissen Sie, mit diesem Dieneramt werden die Frauen im Grunde verheizt. Aber die Regierung hält daran fest. Viele sind hinterher nur noch Wracks und bei Anna hatte ich nach der Katastrophe mit dem Türken den Eindruck, daß sie am Abgrund stand und einen dauerhaften psychischen Schaden erlitten hatte. Ich fürchtete sogar, sie könnte Selbstmord begehen."

„Und warum haben Sie ihr dann nochmals einen Herren gegeben ?"

„Einmal wegen der Vorschrift, es fehlten noch knapp zwei Jahre bis zum Ende der Dienstzeit. Und dann, weil sie krampfhaft versuchte sich nichts anmerken zu lassen und auch nicht bereit war darüber zu reden. Aber ich habe es ihr angemerkt, ich habe sie öfters zu mir gebeten. Wissen Sie, ich schätze sie sehr, sie ist intelligent, gebildet, liebenswürdig, großherzig, einfühlsam, kurz, sie hat alle positiven Eigenschaften, die man haben kann und hübsch ist sie auch noch. Und ihre Arbeit als Leiterin des Rechnugsprüfungsbüros hat sie immer tadellos erledigt. So eine Frau ist eigentlich viel zu schade für dieses Amt. Aber ich habe sie ja nicht dafür ausgesucht."

„Und wie kamen Sie auf Frankenberger ?"

„Erinnern sich noch an Professor Marsbach, den ehemaligen Direktor des meeresbiologischen Instituts ?"

„Wenig, er ging ja kurz nach meiner Ankunft."

„Anna war vier Jahre bei ihm Dienerin, bis er uns verließ. Er war auch Deutscher. Sie hat ihn sehr geschätzt und sogar perfekt deutsch gelernt. Nun, ich dachte daher, wenn ich ihr nun einen Deutschen als letzten Herrn gebe, wird sie ihren Dienst angesichts der guten Erinnerung an Professor Marsbach nicht gleich depressiv, mit negativer Einstellung beginnen. Und Frankenbergers Beurteilungen klangen gut. Und dann dachte ich, wenn er eine Dienerin bekommt, mit der er sich in seiner Muttersprache unterhalten kann, dann wird er sie positiver sehen als eine, mit der er englisch reden muß. Wissen Sie, ich dachte mir, so etwas schafft schon gleich eine gewisse Vertrautheit. Der Rest lag aber in der Hand der Götter."

Er pausierte kurz.

„Allerdings habe ich nicht in Erwägung gezogen, daß Frankenberger in Anna offensichtlich sehr rasch seine Traumfrau sah, völlig begeistert von ihr war und überhaupt nicht daran dachte, sie wie eine Dienerin zu behandeln, sondern wie eine, er verwendete dafür einmal so ein komisches deutsches Wort, für das ich gar keine Übersetzung gefunden habe; es heißt 'Lebenskameradin'. Verstehen Sie, was das bedeutet ?"

Gunnarsson lächelte.

„Ja, ich verstehe das schon; das ist so ein altgermanischer Mythos, war wahrscheinlich nie Realität, kam aber in den letzten Jahren wieder zum Vorschein. Es scheint mir der Gegenpol zur christlich – jüdischen Lehre zu sein, nach der, genau wie im Islam, die Frau dem Manne untertan ist. Es steckt die Vorstellung dahinter, daß die Frau dem Manne von Natur aus gleichwertig ist, er sie als gleichberechtigte Partnerin ansieht, als Ergänzungsstück, mit dem zusammen er eine Einheit, einen wirklichen Menschen bildet. Mit dem, was man heute so als Emanzipation bezeichnet, hat das aber nichts zu tun."

„So ganz verstehe ich das jetzt nicht, muß es wahrscheinlich auch gar nicht verstehen", meinte Malaabar darauf, „jedenfalls hat er Anna schon gleich und das auch in der Öffentlichkeit, wie seine Ehefrau behandelt und nicht wie eine Dienerin. Das war natürlich nicht akzeptabel und ich mußte ihn darauf ansprechen, wollte ihn zurechtweisen. Aber der Kerl ist schlau, hat gleich gewittert, auf was ich hinauswollte und hat so geschickt alle Verdächtigungen von sich gewiesen, daß ich unsicher wurde. Ich habe aber dennoch gedroht ihm seine Anna wegzunehmen, wenn er sich nicht an die Regeln hält. Und das hat offensichtlich gewirkt. Was sie in seinem Bungalow oder an irgendeinem einsamen Strand miteinander getrieben haben und wie sie da miteinander umgegangen sind, das weiß ich nicht, geht mich auch nichts an, ist mir auch gleichgültig, aber zumindest in der Öffentlichkeit haben sie sich zurückgehalten. Ich hätte sie ihm ja nicht weggenommen, aber androhen mußte ich es schon. Was glauben Sie, zu welch einem Skandal es geführt hätte, wenn er sie zu einem unserer offiziellen Empfänge oder Veranstaltungen als Quasi-Ehefrau mitgebracht hätte ? Wie hätten wohl die anderen Führungskräfte reagiert, wenn er seine Dienerin in den gleichen Rang gesetzt hätte wie deren Ehefrauen !"

„Ich denke, den meisten wäre das völlig gleichgültig gewesen."

„Ja, so denkt ihr Europäer, aber es gibt hier auch Wissenschaftler aus anderen Kulturkreisen und auch Amerikaner, auf die Rücksicht zu nehmen ist."

„Und wie sieht das jetzt aus ?"

„Na ja, wenn sie erst einmal verheiratet sind, dann ist sie ja die Frau Frankenberger und nicht mehr die Dienerin Orlirli. Dann werde ich sie in der Gesellschaft so vorstellen, ein paar nette Worte finden, auch erwähnen, daß sie die Leiterin unseres Rechnungsprüfungsbüros ist, das ist ja keine geringe Position. Und Anna ist klug und gebildet; sie findet sich in der Gesellschaft gleich zurecht und kann sich mit jedem niveauvoll unterhalten. Und dann ist alles in Ordnung; was vorher war, das interessiert keinen mehr."

„Na schön, es soll mir Recht sein, wenn es so ist. Wissen Sie, Frankenberger hat die Vertragsverlängerung noch nicht unterschrieben. Und ich traue ihm durchaus zu, daß er nach Deutschland zurückgeht und Anna mitnimmt, wenn man sie hier geringschätzig behandelt. Das möchte ich vermeiden."

„Da kann ich Ihnen versichern, daß Sie solche Bedenken nicht haben müssen."

Malaabar blickte auf seine Armbanduhr.

„Oh, jetzt habe ich beim Reden die Zeit vergessen. In fünf Minuten beginnt die nächste Sitzung. Entschuldigen Sie bitte, wenn ich mich jetzt so rasch verabschiede."

„Keine Ursache."

Der administrative Direktor ging.

Gunnarsson lächelte vor sich hin.

„Was für eine verrückte Welt. Wissen die eigentlich, was für ein Chaos sie mit ihren Traditionen, ihren religiösen und gesellschaftlichen Vorstellungen anrichten ? Warum müssen die alles so kompliziert machen ? Nur damit einige Starrköpfe ihren Willen bekommen und ihre abstrusen Vorstellungen durchsetzen können ? Es wäre wesentlich besser, der Vernunft entsprechend zu handeln und nicht aufgrund verschrobener Vorstellungen. Aber vielleicht reicht die Vernunft vieler nur aus um verschrobene Vorstellungen zu realisieren."

Der Felsen

Jeder an der Küste kennt ihn, den mächtigen Gesteinsblock, etwa fünf Meilen von Strand entfernt, der so an die dreißig Fuß hoch aus dem Wasser herausragt. Seit Jahrtausenden trotzt er den Naturgewalten, den Fluten, den Stürmen, den Blitzen. Noch vor einigen Jahrhunderten befand er sich näher zum Land hin, bis vor dreihundert Jahren eine gewaltige Sturmflut große Teile der Küste hinwegschwemmte. Einige Jahre nach dieser Katastrophe erschienen Geometer um das Land neu zu vermessen. Sie untersuchten auch den Felsen aufs genaueste, verglichen seine Position und seine Neigung mit alten Aufzeichnungen. Er hatte sich weder bewegt noch geneigt.

Dieser einsame Felsen mitten im Meer, von dem niemand weiß, wie er dorthin gekommen ist, muß also auf solidem Grund stehen oder sehr tief in die Erde hineinragen, denn der Boden des Meeres und der Küste besteht vorwiegend aus Sand. Manche vermuten einen Meteoriteneinschlag, doch das erscheint eher unwahrscheinlich, schon aufgrund seiner Form. Vor einiger Zeit schlug ein Professor des Geologischen Instituts der nahen Großstadt ein Projekt mit dem Ziel vor, den Untergrund der Gegend mit modernsten Methoden und Techniken zu untersuchen. Der Antrag wurde allerdings mit der Begründung abgelehnt, eine solche Arbeit sei lediglich von akademischem Interesse und bringe keinen wirtschaftlichen oder wissenschaftlichen Nutzen. Und so glauben noch viele, was einst die Alten erzählten: während der Götterdämmerung habe Donar einen gewaltigen Stein der an dieser Stelle aus dem Meer auftauchenden Midgardschlange entgegengeschleudert.

Nach der oben erwähnten Katastrophe erfolgte eine Wiederbesiedlung der Küste; neue Menschen kamen, ein Dorf wurde gegründet, ein Fischereihafen angelegt. Man versuchte, den Felsen zu nutzen, ein Leuchtfeuer für die Schiffahrt wurde installiert; der Standort erwies sich aber nach kurzer Zeit als ungeeignet. Der Felsen war zu niedrig, der Schiffahrtsweg zum nächsten großen Hafen zu weit entfernt, während für den kleinen Fischereihafen kein Leuchtfeuer benötigt wurde. Pläne der Marine, eine Geschützstellung zur Küstenverteidigung auf ihm zu errichten wurden aus ähnlichen Gründen nicht realisiert. So diente er viele Jahre lediglich jungen Burschen als Ausflugsziel, die auf ihm Trinkgelage veranstalteten. Bis eines Tages ein Unglück geschah. Wieder einmal hatten sich vier Burschen sinnlos betrunken und nachdem starker Wind aufgekommen war, stürzte einer ins Meer; beim Versuch ihn zu retten, es herrschte in jener Nacht wegen des Windes auch starker Wellengang, zerschellte das Boot an dem Felsen, drei der Männer ertranken, einer konnte zwar vom einem Fischerboot, dessen Führer die Vorgänge beobachtet hatte, gerettet werden und den Hergang der Ereignisse berichten, doch er starb an Entkräftung, bevor sie den Hafen erreichten. Die Leute im Dorf glaubten dem Fischer nicht so recht, denn die vier galten trotz ihrer Jugend als erfahrene Seeleute und so setzte sich im Volk die Ansicht fest, der Teufel habe seine Hand im Spiel gehabt und den vieren Verderben gebracht. Man spann dieses Garn weiter und schließlich glaubte man, der Teufel selbst bewohne zeitweise den Felsen, wenn er der Hölle überdrüssig sei und führte als Beweis an, daß nicht einmal Vögel dort nisteten. Und so mied man fortan den Ort.

Viele Jahre später suchte wieder einmal eine schwere Sturmflut die Küste heim und schwemmte das halbe Dorf weg. Zahlreiche Menschen ertranken. Ein Fischereischiff, das nicht mehr rechtzeitig den Hafen erreicht hatte, schlug leck und sank. Die zehn Mann Besatzung retteten sich in zwei Boote, gelangten wie durch ein Wunder zum Felsen, kletterten hinauf und brachten sich so in Sicherheit. Fast hundert Stunden mußten sie dort ausharren, zum einen, weil die Bewohner der Küste sich selbst retten mußten und daher die Signale ihrer Leuchtspurpistolen nicht beachteten, zum anderen, weil sich wegen des starken Wellengangs niemand aufs Meer traute. Erst am vierten Tag wagte sich Knut Deersen, der erfahrenste Schiffsführer der Region, mit seinem Schiff auf die See, steuerte glücklich den Felsen an und rettete die Männer. Er wurde als Held gefeiert und man errichtete ihm zu Ehren am Strand ein Standbild. Daneben baute man, obwohl eine gewisse Geldnot herrschte, eine Kapelle um auch Gott für die Rettung zu danken. An den Felsen dachte niemand, keiner dankte ihm. Nicht einmal eine kleine Platte mit einer Inschrift, daß durch ihn zehn Männer dem sicheren Tod entrannen, wurde angebracht. Der Felsen blieb allein.

Vierzig Jahre sind seitdem vergangen; vor drei Jahren suchte erneut eine schwere Sturmflut den Küstenabschnitt heim. Erneut wurde ein Großteil des wiedererrichteten Dorfes hinweggeschwemmt und zwanzig Menschen ertranken in den Fluten. Auch zerstörten die Wassermassen die Kapelle und unterspülten den Sockel des Standbildes, so daß es umkippte. Und wieder ereignete ein Wunder: zwei Knaben, zehn und zwölf Jahre alte, wurden von der Flut hinweggespült und, festgeklammert an einen Balken, zum Felsen geschwemmt. Mit letzter Kraft kletterten sie hinauf. Zwei Tage später wurden sie von einem Hubschrauber aus entdeckt und, wenn auch völlig erschöpft und halb erfroren, lebend geborgen.

Die Regierung zog die Konsequenzen aus der erneuten Katastrophe und verbot die Wiedererrichtung des Dorfes, siedelte vielmehr die Menschen zehn Meilen landeinwärts an. Der Fischereihafen wurde aufgegeben, er war durch die Sturmflut stark beschädigt und völlig versandet. Eine Wiederherstellung wie auch eine Wiederbeschaffung der zerstörten Schiffe erschien nicht lohnend, da die Fischereierträge in den letzten Jahrzehnten ohnehin rückläufig waren. Die Menschen fanden Arbeit in den Fabriken der nahen großen Hafenstadt.

An einen Wiederaufbau der Kapelle denkt niemand, denn das Denken der Menschen hat sich in den letzten vier Jahrzehnten verändert. Sie sind selbstsüchtig und eitel geworden, richten ihr Leben nach dem Gewinn materieller Güter aus. Gott spielt keine Rolle mehr für sie. Die Wiedererrichtung des Denkmals für Knut Deersen wird noch diskutiert, aber sicherlich wird keine positive Entscheidung fallen, denn man liebt heute Großsprecher und Schöntuer, aber keine Helden, die Mut zeigen.

Den Felsen kümmert all dies nicht. Er hat den Dank der Menschen ohnehin nie gebraucht. Er steht weiterhin fest inmitten des sandigen Meeresbodens und bewacht die einsame Küste.

Und wie schon seit Tausenden von Jahren wird er auch weiterhin den Naturgewalten, den Fluten, den Stürmen und den Blitzen trotzen ohne sich auch nur ein Zoll zu bewegen.

Und er wird jedem Hilfe geben, der sie bei ihm sucht.

Das Mädchen mit dem Feuergesicht

Manche Erlebnisse verschwinden im Nebel der Zeit, geraten in Vergessenheit, haben keinerlei Auswirkung auf den weiteren Lebensweg. Zumindest erscheint das so. Aber ist das wirklich wahr ? Ist es vielmehr nicht so, daß die damalige Handlungsweise es bewirkte, daß die Ereignisse nur eine unbedeutende Episode blieben und es durchaus Alternativen gab, welche dem Leben eine völlig andere Richtung hätten geben können ? Darüber kann man natürlich spekulieren, insbesondere nach vielen Jahrzehnten, wenn sich zufällig die Nebel lichten und die damaligen Ereignisse wieder deutlich sichtbar werden. Allerdings muß man sich dann im Klaren darüber sein, daß man nun die Dinge mit den Augen des Alters betrachtet, Erwägungen in Betracht zieht, welche man damals aufgrund jugendlicher Unreife und mangelnder Lebenserfahrung gar nicht so bedenken konnte und man daher anders entscheiden mußte. Ich möchte daher hier auch nur meine Erinnerungen wiedergeben und keinerlei Gedankenspielerei hinsichtlich eines möglichen anderen Lebensweges betreiben.

Es ist mir in den letzten Jahren zu einer lieben Nebenbeschäftigung geworden, einen Teil meiner Freizeit damit zu verbringen, in meiner heimatlichen Umgebung herumzufahren und Sehenswürdigkeiten zu photographieren. An den langen Winterabenden verarbeite ich später die Bilder zu Photoserien über die besuchten Orte, wobei die Aufnahmen dann noch mit Text, der Erklärungen zur Geschichte der gezeigten Gebäude und der betreffenden Städte enthält, ergänzt werden.

Warum mache ich das ? In erster Linie mache ich das, weil mich diese Arbeit interessiert, weil sie mir Spaß macht. Ich tue sie also für mich selbst. Manchmal schenke ich sie aber auch Freunden und Bekannten. Das kommt aber höchst selten vor, da ich keine Freunde habe und auch kaum Bekannte, welche sich für so etwas interessieren. Das kümmert mich aber wenig. Nachdem ich meine nähere Heimat erforscht hatte, begann ich mehrtägige Reisen zu weiter entfernten Zielen zu unternehmen. Eine dieser Fahrten führte mich im August des Jahres 2010 über Ingolstadt, Regensburg, Straubing, Passau, Altötting und Burghausen ins Berchtesgadener Land. Der erste Teil der Fahrt beinhaltete für mich noch eine Besonderheit. Im Sommer 1971 hatte ich meine militärische Grundausbildung in Bogen an der Donau absolviert und war hinterher nach Hemau, einer Kleinstadt etwa fünfundzwanzig Kilometer östlich von Regensburg, versetzt worden, wo ich den Rest meiner Dienstzeit zubrachte. Von dort aus hatte ich oft Regensburg besucht und da ich erst kurz vor meiner Einberufung zum Wehrdienst meinen Führerschein erworben hatte, war Regensburg sogar die erste Großstadt, in welcher ich Fahrpraxis gewann. Die Zeit an der Donau brachte mir, das erwähne ich nur der Vollständigkeit halber, auch eine entscheidende Erweiterung meiner Lebenswelt. In Bogen, genauer gesagt, im Biergarten auf dem Bogenberg, lernte ich ein Getränk kennen, das ich heute noch schätze: Weizenbier. Es war damals in meiner Heimat im bayerisch – hessischen Grenzgebiet noch unbekannt.

Auf dem Gäubodenfest im benachbarten Straubing hatte ich andererseits an einer Schießbude ein Photo von mir geschossen. Der Photoblitz hatte mich damals furchtbar erschreckt, denn ich war ein miserabler Schütze, hatte nur so aus ‚Gaudi' beim Schießen mitgemacht und nie damit gerechnet hier ins Schwarze zu treffen. Das führte natürlich bei den Kameraden, die auf dem Truppenschießplatz erfolgreicher waren als ich, hier aber erfolglos blieben, zu zahlreichen hämischen Bemerkungen. Das Photo besitze ich allerdings noch heute.

Es ist daher vollkommen klar, daß sich mit der Fahrt auch Erinnerungen an die Jugendzeit verbanden. Und so entschloß ich mich kurzfristig in Regensburg zwei Orte aufzusuchen, die ich mit netten Erinnerungen verband. Der eine Ort war eine Kneipe, sie hieß damals ‚Namenlos', befand sich in einem schmalen Seitengäßchen unweit des Rathauses. Sie befand sich im Obergeschoß des Hauses. Es war eine Studentenkneipe mit niedrigen Preisen. Wir aßen dort oft Spaghetti. Die Portion kostete nur 2,50 DM. Das Besondere war, daß zu den Spaghetti immer ein großer Topf Parmesankäse serviert wurde. Da dieser Käse recht teuer ist, oder zumindest es vor vierzig Jahren war, ging man in Gaststätten üblicherweise sehr sparsam damit um, erhielt zu einem Spaghettigericht nur eine kleine Menge. Hier war man großzügig. Etwas anderes ist mir auch in Erinnerung geblieben und ich schreibe es nieder, obwohl es vielleicht etwas anrüchig wirken mag. Eine der Bedienungen trug keinen Büstenhalter und ihre Brustwarzen bildeten sich immer am T-Shirt ab. Für die weitere Geschichte hat dies allerdings keinerlei Bedeutung.

Tatsächlich fand ich in einer kleinen Seitenstraße in der bezeichneten Gegend ein Lokal. Es heißt heute ‚Piratennest'. Es schien auch keine Gaststube in dem Parterre zu haben. Ich hätte es gerne einmal besucht, aber es öffnete erst um 19:00 h. So lange wollte ich aber nicht blieben. Ich bin mir jedoch ziemlich sicher, daß das ‚Piratennest' das frühere ‚Namenlos' ist.

Andere Orte, die mir in lieber Erinnerung geblieben sind, sind ein Programmkino, das wir häufig besuchten und eine Diskothek mit Namen ‚Tangente'.

Nach dem Programmkino habe ich nicht gesucht, da ich ohnehin keine Ahnung mehr habe, wo es sich befand. Die Eintrittspreise dort waren niedriger als in normalen Kinos und für Wehrdienstleistende gab es verbilligten Eintritt. Es wurden dort Filme gezeigt, die in ‚normalen' Kinos kaum vorgeführt wurden. Einer der Filme, die ich dort zum ersten Mal sah, war ‚Jaider, der einsame Jäger', einer meiner Lieblingsfilme. Und trotz intensiver Suche habe ich es bisher nicht geschafft, ihn in irgendeinem Geschäft auf DVD zu finden.

Die ‚Tangente' war eine Diskothek, in welche nicht jeder hinein konnte; man brauchte einen speziellen ‚Clubausweis'. Ein Studentenausweis galt als ‚Empfehlung'. So etwas besaß ich natürlich nicht. Es gab nun zwei Möglichkeiten dort hineinzukommen. Einmal konnte man das in Begleitung eines Ausweisinhabers als dessen Freund, zum anderen, wenn man sich einen Ausweis auslieh, denn überprüft wurden die Namen auf den Ausweisen nie.

Eines Samstags, es muß im Mai oder in der ersten Junihälfte 1972 gewesen sein, so genau erinnere ich mich nicht mehr, lieh mir ein Stubenkamerad seinen Ausweis. Ich fuhr abends in die Stadt, suchte die Diskothek auf; es war noch recht früh, vielleicht neun Uhr. Die erste Zeit des Aufenthaltes dort bleibt im Dunkeln; vermutlich tanzte ich ab und zu mit Mädchen, die keinen bleibenden Eindruck hinterließen, vermutlich spielte ich einige Male an einem der im Vorraum stehenden Flipperautomaten, sicherlich aber stand ich auch lange einsam herum und beobachte das Treiben auf der Tanzfläche. Dabei fiel mir irgendwann ein Mädchen auf. Sie war mittelgroß, schlank, hatte dunkle Haare. Auffallend war ihr Gesicht; es besaß eine seltsame Röte, die mich unwillkürlich an Feuer erinnerte. Sie war keine Schönheit, eher empfand ich das Gesicht als Makel, bildete mir so beim Beobachten ein, sie selbst empfinde sich als häßlich, sei unglücklich darüber, da sie zunächst alleine da saß. Ich empfand Mitleid, fragte mich, ob ich sie nicht zum Tanzen auffordern und so für zwei Menschen die Einsamkeit beenden sollte. Während ich so nachdachte, keinen rechten Schluß fassen konnte, änderte sich das Bild. Sie hatte mittlerweile Anschluß gefunden, bewegte sich nun unbeschwert auf der Tanzfläche, schien glücklich; ein Strahlen ging von ihr aus. Ich beobachtete sie lange; die Tanzpartner wechselten; je länger ich sie anschaute, desto mehr faszinierte sie mich; sie erschien mir hübscher und hübscher zu werden und das Feuergesicht wandelte sich von einem Makel zu einem Symbol der Schönheit. Mich überkam der Wunsch sie kennenzulernen. Doch es schien mir unmöglich in ihre Umgebung einzudringen. Ich wartete, ging zwischendurch auch mal wieder auf ein Spielchen zum Flipperautomaten; etwas anderes blieb mir auch gar nicht übrig.

Endlich, es war bereits nach elf Uhr, ich kam gerade vom Flipperautomaten zurück, sah ich sie alleine am Rande der Tanzfläche stehen. Ich zögerte nicht, ging zu ihr hin. Sie willigte auch sofort ein, ich hatte jedoch nicht den Eindruck, daß sie damit einen besonderen Sympathiebeweis verband; es schien für sie eher die Gelegenheit zu bedeuten, wieder vom Rand ins Zentrum der Tanzfläche zu gelangen. Sie wirkte abwesend und ich dachte, ebenso gut könnte ich auch alleine herumhüpfen. Denn es war damals so, daß bei schnellen Songs die Paare sich getrennt bewegten und nur bei den langsameren Stücken, dem ,Blues', obwohl es sie bei den meisten Liedern gar nicht um diese Musikrichtung handelte, sich berührten. Wir taten dies dann auch erst zögerlich, blieben auf Distanz. Dennoch fühlte ich ihren weichen Körper, genoß den Duft ihres Haars. Allmählich kamen wir uns näher, unsere Körper schmiegten sich aneinander und irgendwann berührten sich unsere Lippen. Das war der Beginn einer harmlosen Schmuserei, die nicht permanent währte, da einerseits den langsamen Lieder wieder schnellere folgten und wir andererseits auch Pausen einlegten, wir uns etwas abseits, wo es nicht so laut war, niedersetzten und uns unterhielten. Die Schmuserei war natürlich auf Dauer nicht nur mit dem Tanzen verknüpft. Ihre Gesichtshaut fühlte sich weich und zart an und es blieb mir ein Rätsel, woher diese rötli-

che Feuerfarbe rührte, die mir nun wunderschön vorkam. Ich fragte
sie nicht danach, da ich fürchtete, es könne sie vielleicht kränken.
An Einzelheiten unserer Gespräche kann ich mich nicht mehr erinnern. Ich weiß nur noch, daß ihre Stimme sanft war, liebevoll klang
und sie selbst empfand ich als nettes, liebevolles, braves und anständiges Mädchen. Gegen ein Uhr sagte sie dann, sie müsse nun gehen,
um den letzten Bus nach Hause zu erreichen. Sie wohnte in einem
Ort in näheren Umgebung Regensburgs; es könnte Sinzing gewesen
sein. Ich bin mir da allerdings nicht sicher. Für mich gab es daher
auch keinen Grund mehr zu bleiben und so begleitete ich sie zur
nächsten Bushaltestelle. Ein Abschiedskuß, dann stieg sie in den Bus
und verschwand. Ich blieb einsam zurück, träumte einen kurzen Moment vor mich hin, dann lief ich zu meinem Auto, fuhr zur Kaserne
zurück.
Es ist wohl überflüssig zu betonen, daß ich mich in dieses Mädchen
zumindest ein bißchen verliebt hatte und auch, daß ich bereits in der
Diskothek und auf jeden Fall auf dem Weg zur Bushaltestelle mich
gefragt hatte, wie es weitergehen würde. Es bestand ja keine zwin-
gende Notwendigkeit für sie, mit dem Bus nach Hause zu fahren;
ebenso hätte ich sie mit dem Auto heimbringen können. Ich unterließ
es aber ihr das vorzuschlagen, da mir die Zukunft unseres Verhältnis-
ses wenig hoffnungsvoll erschien. Vielleicht wäre ich bei längerem
Nachdenken auf eine andere Lösung gekommen. Aber die Zeit hierfür gab es nicht. Alles was ich vor mir sah, war ein ‚Gschpusi' von
ein paar Wochen. Und dafür war mir das Mädchen zu schade. Sie
war nicht der Typ für eine kurze Affäre, eher ein Mensch, den man
ewig liebhaben mußte, wenn man sich einmal näher gekommen war.
Doch meine weitere Zeit war verplant; es standen noch einige Aus-
bildungstests unserer Batterie bevor, die mit mehrtägigen Gelände-
übungen und einem längeren Aufenthalt auf dem Truppenübungs-
platz in Grafenwöhr verbunden waren; Ende Juli oder Anfang August würden wir als Helfer zu den Olympischen Spielen nach Mün-
chen abkommandiert werden und nach der Rückkehr Mitte September war meine Dienstzeit praktisch zu Ende. Ich hatte noch einige
Wochen Urlaub und wollte im Wintersemester an der Technischen
Hochschule in Darmstadt mein Physikstudium beginnen. Hierfür
wurde ich dann für den Rest meines Grundwehrdienstes, etwa sechs
Wochen, freigestellt.

Wo blieb da Raum für die Liebe zum Mädchen mit dem Feuergesicht?

Mehr als ein paar gelegentliche Treffs, die nicht ausreichen würden, eine echte, feste Zuneigung zu entwickeln, blieben nicht den Sommer über. Und die Entfernung von Darmstadt nach Regensburg beträgt mehr als 300 km, zu viel für die Entwicklung einer echten Liebe; denn für regelmäßige Besuche fehlte mir auch das Geld.

Ich entschloß mich daher, an der Bushaltestelle Abschied zu nehmen. Vielleicht war es ein Fehler. Vielleicht habe ich an jenem Abend mein Glück verspielt. Nach vier Jahrzehnten läßt sich darüber leicht spekulieren. Eines steht allerdings fest: ein anderes Glück habe ich nicht gefunden.

Königin der Gepiden

Die Eroberung

Der Sturm auf die skirische Königsburg Hohenfels begann im Morgengrauen. Schon bald bemächtigten sich die Angreifer des Haupttores und drangen in den äußeren Hof ein. Die Verteidiger wichen geschickt zurück, es gelang ihnen aber nicht den Zugang zum inneren Hof zu sperren, so daß ein Trupp gepidischer Ritter unter Führung ihres Königs Wolfram sich dessen bemächtigen konnte.

Der König trat in den inneren Hof, erhob seine Stimme.

„Halt, laßt die Waffen für einige Augenblicke schweigen und hört mich an: Ihr habt tapfer gekämpft, aber nun seid ihr verloren. Eure Niederlage ist unabwendbar. Doch ich will kein unnötiges Blutvergießen. Ich schlage daher vor, nach altem Brauch zu verfahren und fordere Harald, den König der Skiren, zum Zweikampf um Thron und Reich."

Ein Raunen ging durch die Menge der Ritter und Kriegsknechte.

Der Herzog von Klaußenburg wandte sich an König Wolfram, gab zu bedenken:

„Herr, wißt Ihr, was Ihr tut? Harald ist ein gewaltiger Krieger."

„Schweigt Herzog", entgegnete König Wolfram, „ein König versteckt sich nicht hinter den Waffen seiner Kriegsknechte."

König Harald trat hervor.

„Ich nehme den Kampf an. Es wird mir ein Leichtes sein, den gepidischen Räuber in die Hölle zu schicken."

Die Könige legten ihre Rüstungen ab, stellten sich, nur mit dem Schwert bewaffnet, gegenüber. Auf das Zeichen eines rasch ausgewählten Herolds begann der Kampf. Harald war größer und kräftiger, drang vehement auf Wolfram ein, der sich aber als der Wendigere erwies. Er parierte geschickt die wuchtigen Schläge Haralds und als dieser nach einer Finte des Gepidenkönigs eine Blöße zeigte, stieß ihm dieser das Schwert in den Leib. Harald sackte zusammen, verstarb.

Nun traten die skirischen Herzöge hervor, reichten Wolfram ihre Schwerter dar.

„Herr, wir unterwerfen uns."

Der blickte sie ernst an.

„Behaltet eure Waffen."

Er schaute in die Runde der Krieger.

„Alle anwesenden Herzöge, Gepiden und Skiren, mögen mir in die Königshalle folgen. Laßt die gefangenen Skirenherzöge frei; auch sie sollen mitkommen. Die Waffen mögen nun schweigen."

Sie begaben sich in die Königshalle. Wolfram bedeutete den Herzögen Platz zu nehmen, hob dann zu sprechen an.

„Wie ihr wißt hat König Harald den Krieg aus Übermut und Beutegier vom Zaume gebrochen. Er ist nun besiegt und hat seine Strafe erhalten. Uns geht es aber nicht um Raub und Zerstörung, wir wollen auch nicht Mord mit Mord und Plünderung mit Plünderung vergelten. Gepiden und Skiren sprechen die gleiche Sprache, glauben an den gleichen Gott und beide Völker verehren auch Alarich den Großen als ihren König. Wie ihr wißt, wurde Alarichs Reich unter seinen Enkeln geteilt und sowohl Harald als auch ich rühmten uns Nachfahren Alarichs zu sein. Zwei Jahrhunderte lang haben beide Reiche Kriege gegeneinander geführt, weil die Kampfeslust verfeindeter Vettern sie dazu aufstachelte. Ich will das nun beenden, will beide Reiche miteinander vereinen."

Er wandte sich an die Skirenherzöge.

„Ich verlange keine Unterwerfung von euch, ich verlange lediglich die Ablegung des Treueeides, wie ihn die gepidischen Herzöge mir auch geleistet haben."

„Wir danken Euch für Euren Großmut, Herr", begann nun Friedbert von Reichenau, der angesehenste unter den Skirenherzögen, „es erscheint mir allerdings nicht weise, eine knappe Stunde nach Ende eines blutigen Krieges eine solch weitreichende Entscheidung zu erwarten. Wir sind erschöpft und bedürfen zunächst einmal der Ruhe und auch der Beratung untereinander. Und bedenkt auch: selbst wenn wir den Eid jetzt leisten, dann ist die Vereinigung der Reiche noch nicht vollzogen. Es müssen auch die Meinungen der Markgrafen und der Reichsstädte eingeholt werden. Ich zweifele nicht daran, daß sie ebenfalls den Treueeid leisten werden, wenn wir jedoch über ihre Köpfe hinweg die Vereinigung der Reiche vollziehen, dann wird es böses Blut geben und sie werden sich an unsere Beschlüsse nicht gebunden fühlen. Gebt uns also Zeit."

„Ich danke für Eure offenen Worte, Herzog. Die Absicht meiner Rede war auch nur Euch meinen Willen zu verkünden, nicht ihn sofort zu vollziehen. Es ist auch nur billig, daß Eure Rechte schriftlich bestätigt werden. Und das bedarf einer gründlichen Vorbereitung. Ich werde daher einen Reichstag einberufen, auf dem all diese Angelegenheiten geregelt werden. Nur eines verlange ich heute von Euch. Ihr müßt bis zum Ende des Reichstages Urfehde schwören. Eure Besitzungen bleiben dann unangetastet. Aber alle königlichen Güter werden eingezogen. Ein Drittel der Güter fällt mir zu, der Rest wird auf die gepidischen Herzöge verteilt. Die Königsburg geht in meinen Besitz über, samt allen Einrichtungen und allen ihr zugehörigen Personen, Männer und Frauen. Ich werde einen Burgvogt einsetzen, dem in meinem Namen alle Ländereien und Städte unterstehen, welche nicht zu Euren Herzogtümern gehören. Euch wird der Burgvogt allerdings keine Anweisungen geben dürfen. Euer alleiniger Herr bin ich, der König. Ihr werdet Eure Abgaben auch an mich entrichten müssen, während die anderen Ländereien und Städte ihre Steuern an den Burgvogt abzuführen haben. Herolde werden das im ganzen Land verkünden."

Er schwieg kurz.

„Tretet nun hervor um Euren Schwur zu leisten."

Alle fünf Skirenherzöge taten es.

„Dann seid ihr entlassen. Sammelt eure Männer ein und kehrt in eure Besitzungen zurück."

Die Skirenherzöge grüßten, verließen den Saal.

„Bleibt noch", gebot er dann den Gepidenherzögen, „ich habe Euch bisher nicht um Eure Ansichten gefragt, meine Herren. Was haltet Ihr von meinen Plänen?"

„Es kommt alles so überraschend, mein König. Ich denke nicht, daß wir in so kurzer Zeit einen reifen Entschluß vorlegen können", begann Herzog Eberhard von Bechlam, „seid Ihr Euch der Treue der Skirenherzöge auch gewiß?"

„Gewiß kann man niemals sein. Nun, nach dem Tode Haralds ist der skirische Zweig des Geschlechtes der Alaranen im Mannesstamm erloschen. Harald hatte zwar fünf Frauen, die gebaren ihm aber nur Töchter, keinen Sohn. Es gibt also niemanden im skirischen Reich, der Ansprüche auf den Thron erheben könnte. Der natürliche Erbe bin also ich, der nächste Verwandte aus dem gepidischen Zweig des Geschlechtes."

„Und wie steht es mit dem Grafen von Arla ?" wandte nun der Herzog von Laumburg ein, „er wird Euch sicher als Usurpator brandmarken, der den König gemordet hat und sich nun des Thrones bemächtigen will. Er ist schließlich der Onkel Haralds."

König Wolfram winkte ab.

„Er ist ein illegitimer Sohn von Haralds Großvater, ein Bastard, der keinerlei Erbansprüche besitzt. Harald hat ihm den Titel und das wertlose Königsland an der Grenze zu Awaristan als Lehen doch nur deshalb verliehen um seine Ruhe vor ihm zu haben. Er gilt als heimtückisch, falsch und grausam. Nein, die Herzöge werden ihn wohl kaum als König haben wollen."

„Und wenn nun einer der Herzöge Ansprüche auf den Thron erhebt ?" wandte jetzt der Herzog von Rheinstein ein.

Der König lächelte.

„Was würde geschehen, meine Herren, wenn einer von Ihnen im Falle meines Todes Anspruch auf den Thron gelten machen würde ?"

Er pausierte kurz.

„Ihr würdet nur Krieg gegeneinander führen, um Macht und Thron."

Er schwieg einige Augenblicke.

„Es ist aber auch etwas anderes, was mich bewegt. Wäre es von unserem Nutzen, das Land auszuplündern und zu verheeren, das Volk zu töten ? Wir Gepiden sind nicht zahlreich genug um es wieder zu besiedeln. Und wir müßten dann ein Land vor den Awaren schützen, das brach liegt. Denn die werden zweifelsohne versuchen einzudringen. Und dann, ihr habt doch sicher schon von dem Volk der Mongolen gehört, das unaufhaltsam nach Westen vordringt, bereits große Teile Sarmatiens heimgesucht hat und bald die Grenzen Awaristans erreichen wird. Glaubt ihr etwa, die Awaren könnten sie aufhalten ? Nein ! Daher brauchen wir ein starkes Reich um unser Land und unsere Kultur gegen die Barbaren aus dem Osten zu verteidigen ! Wir müssen gewappnet sein, wenn die Mongolen bei uns einfallen !"

Die Herzöge sahen das ein, nickten zustimmend.

„Gut, dann seid Ihr entlassen, meine Herren."

Die Leibzofe

Auch der König wollte gehen, als ihm an der Tür ein Mann entgegentrat, der offenbar schon eine geraume Zeit draußen gewartet hatte.

„Verzeiht, Herr", sprach dieser Wolfram an, „mein Name ist Hans von Seckingen, ich war der Burgvogt."

„Was gibt es ?"

„Nun ja, Herr, nach Eurem Sieg gehört die Burg mit allen Besitztümern König Haralds Euch. Dazu gehören auch seine Frauen und ihre Dienerinnen. Die Frauen sind gekommen um Euch zu huldigen."

„Ich habe jetzt wichtigere Dinge zu erledigen als mich um Haralds Mätressen zu kümmern."

„Verzeiht Herr, aber sie sind in großer Sorge, fürchten, den Kriegsknechten zur Beute gegeben zu werden. Eine von ihnen wollte sich schon selbst entleiben. Habt Erbarmen mit ihnen. Ein beruhigendes Wort genügt. Es wird auch nicht viel Zeit in Anspruch nehmen. Bedenkt auch, sie sind nun Euer Eigentum."

„Wie viele sind es denn ?"

„Fünf, mein Herr; sie haben aber auch ihre Leibzofen mitgebracht. Die müßt Ihr allerdings nicht beachten."

„Ich brauche keine fünf Frauen; eine genügt."

„Dann wählt eine aus, Herr. Ihr könnt auch alle wegschicken, wenn Euch keine zusagt."

Der König lächelte. Er war nach dem raschen Sieg und dem Einvernehmen der Herzöge mit seinen Plänen zufrieden, daher in guter Laune.

„Na, schön. Laßt sie eintreten."

Zehn Frauen erschienen. Sie stellten sich in zwei Reihen auf.

„Die vorderen sind die Frauen König Haralds, die hinteren ihre Leibzofen", erklärte der Burgvogt.

„Wir sind gekommen", begann nun eine von ihnen, die sich offenbar für die Vornehmste hielt, „um uns Euch zu unterwerfen und um Euch als unseren neuen Herrn und Gemahl zu huldigen, wie es der Brauch unseres Landes verlangt. Wir werden Euch alle Dienste erweisen, die wir unserem bisherigen Herrn erwiesen haben."

Der König lächelte.

„Es ist nicht Sitte in meinem Reich mehr als eine Frau zu haben. Und ohne den Segen der Heiligen Kirche darf auch keine Frau einen Mann als ihren Gemahl bezeichnen. Und mir als Eurem Herrn steht es frei, eine von Euch auszuwählen – oder auch nicht. Ihr braucht euch aber nicht zu fürchten, ich werde euch als Edelfrauen behandeln und euch versorgen. Wer von euch kann Lesen und Schreiben?"
Sie schwiegen.
„Und was ist mit euch dahinten?" fragte er nun die Leibzofen.
„Ich kann Lesen und Schreiben", meldete sich zögerlich eine Stimme.
„Dann tritt hervor."
Die Zofe wirkte zierlich, hatte blondes, langes Haar. Sie hatte ein weiches Gesicht, eine Haut wie Milch und Honig, blaue, strahlende Augen, denen ein freundlicher Blick entsprang. Sie gefiel ihm auf Anhieb.
„Ihr anderen könnt gehen. Wartet draußen. Und Ihr, Burgvogt, zeigt mir nun die königlichen Gemächer, die ich bewohnen werde, solange ich mich hier aufhalte."
Sie verließen den Saal. Draußen wartete noch immer der Hauptmann der königlichen Leibgarde, Ritter von Track.
„Rufe die Diener und deine Kriegsknechte zusammen, folgt mir dann."
Der Hauptmann führte den Befehl aus. Der Burgvogt führte sie dann zum Königsbau.
„Das Haus ist groß genug, ihr werdet sicher alle ein Quartier finden. Notfalls müssen König Haralds Diener weichen. Führt das aus, Ritter von Track. Und nun, Burgvogt, zeigt mir die königlichen Gemächer.
Er führte den König und die Zofe in den zweiten Stock des Gebäudes. Die Räume der Diener lagen im ersten Stockwerk.
„Kennst du dich hier aus?" fragte er nun die Frau.
„Ja, Herr."
„Gut, dann brauche ich Euch vorerst nicht mehr, Burgvogt. Sorgt für eine Unterkunft für Haralds Frauen und wartet dann draußen auf weitere Befehle."
Der Burgvogt ging. Der König wandte sich der Zofe zu.
„Zeige mir die Wohnräume."

Sie führte ihn, zeigte ihm die Schlafzimmer, die Wohnräume für den Aufenthalt tagsüber, den Speiseraum, die Bibliothek, das große Kabinett, von dem aus Harald seine Regierungsgeschäfte geleitet hatte.
„Wir haben hier auch eine Badestube und ganz hinten in einer Turmecke neben der Dienstbotentreppe auch einen Abort. Die Badestube enthält einen großen Badebottich, einen Kessel für die Zubereitung von warmem Wasser und ein Waschbecken für die tägliche Körperreinigung. Der König und seine Frauen haben sehr auf Sauberkeit geachtet."
„Das war wohlgetan", erwiderte König Wolfram, „Schmutz ist die Ursache der meisten Krankheiten. Schon im Römischen Reich hat man sehr auf Sauberkeit geachtet. Nur unsere Pfaffen mögen das nicht; sie sind gegen das Baden, weil man hierfür seine Kleidung ablegen muß und sie es für eine Sünde halten, seinen Körper zu entblößen. Diese Dummköpfe!"
Nach dem Rundgang durch die Gemächer begaben sie sich in einen Wohnraum, der mit bequemen Möbeln, darunter einer weich gepolsterten Bank, ausgestattet war.
„Ziehe dein Kleid aus, damit ich deine Gestalt besser erkennen kann", gebot er der Zofe dann.
Sie gehorchte. Sie trug darunter ein Hemd, das an der Vorderseite durch drei kleine Schnüren zusammengehalten wurde; der König öffnete sie, streifte ihr das Hemd ab, betrachtete ihren Körper von allen Seiten. Dann zog er ihr das Hemd wieder über, gebot ihr, auch ihr Kleid wieder anzuziehen.
„Ich glaube, ich habe eine gute Wahl getroffen", sagte er mit einem Lächeln, „wie heißt du eigentlich?"
„Helena", lautete die Antwort.
„Du kannst also Lesen und Schreiben?"
„Ja, Herr, und Rechnen kann ich auch. Ich bin auch in Geographie und in der lateinischen Sprache unterrichtet."
„Und woher kannst du das alles?"
„Wißt Ihr, Herr, mein Vater war Tuchhändler in Kachau. Er hatte Verbindungen in viele Länder. Ich war sein einziges Kind und mußte als ich alt genug war im Geschäft mithelfen. Dazu mußte ich das alles können. Er hat mich mich daher in allem unterrichtet."
„Das war klug von deinem Vater. Und wie bist du in die Dienste des Königs gelangt?"

„Mein Vater starb als ich neunzehn Jahre alt war; sein Bruder übernahm das Geschäft und der wollte mich nicht, wies mir die einfachen Arbeiten zu. So traf es sich gut, daß einmal die königliche Schneiderin bei uns einkaufte und ich bei der Gelegenheit erfuhr, daß die Hauptfrau des Königs eine Leibzofe suchte. Und da ich mich aufs Lesen und Schreiben verstehe, erhielt ich die Stelle."

„Und wie lange bist du hier schon im Dienst ?"

„Fast fünf Jahre, Herr."

Der König lächelte.

„Nun, da kennst du dich ja sicher hier in allem aus. Und ich brauche schließlich zwar keine Leibzofe, dafür aber eine Leibschreiberin und eine Beraterin. Weißt du, die Regierungsgeschäfte erfordern auch sehr viel Schreibarbeit, Beurkundungen und so weiter. Das kann ich nicht alles alleine erledigen. Ich beschäftige einige Schreiber, aber so wirklich zufrieden bin ich nicht mit ihnen. Du wirkst klug und ehrlich, deshalb will ich es mit dir versuchen. Und wenn du mit den Begebenheiten in diesem Reich vertraut bist oder zumindest über vieles Bescheid weißt, dann wirst du mir gute Ratschläge erteilen können."

Er blickte sie an.

„Und du gefällst mir auch als Frau. Meine Gemahlin starb vor zwei Jahren und ich trage mich mit dem Gedanken, mich wieder zu verheiraten. Ich habe noch keinen Thronfolger."

Helena schaute ihn etwas nachdenklich an.

„Ach, Herr, scherzt nicht mit mir. Ich bin doch nur eine Frau von niederer Geburt und außerdem Euer Besitz."

„Ich scherze nicht. Ich brauche eine Königin, keine Frau von hoher Geburt, die nicht Lesen und Schreiben kann."

Er wartete eine Weile.

„Nun gut, wir werden hier einige Tage verweilen bis alle Angelegenheiten geregelt sind und erst dann in meine Residenz zurückkehren. Du wirst nicht nur mit Regierungsarbeiten betraut werden, sondern mich auch hier im Schloß gegenüber der Dienerschaft vertreten. Das heißt, die Dienerschaft ist dir unterstellt. Ich habe nur wenige Diener auf den Kriegszug mitgenommen. Gibt es hier Diener oder Dienerinnen, denen man vertrauen und die ich in meinen Dienst nehmen kann ?"

Helena überlegte kurz, nannte dann einige Namen.

„Gut, geh dann hinunter in das Dienerstockwerk, suche Alfred, meinen Leibdiener auf, und gib ihm die Anweisung, sich mit den betreffenden Personen hier einzufinden."
Kurz nachdem Helena wieder zurückgekehrt war, erschien Alfred mit den genannten Dienern. Der König teilte ihnen mit, was entschieden war, fügte dann hinzu.
„Ihr untersteht nun der Jungfer Helena, habt ihren und meinen Befehlen zu gehorchen. Fürs erste ordne ich an, daß alle Gegenstände, die an König Harald erinnern, entfernt werden und die Wäsche in den Schlafräumen ausgetauscht wird. Zum Abend, zu Zeit der Dämmerung, soll ein Bad vorbereitet und frische Kleidung für die Jungfer und mich bereit gelegt werden. Ansonsten, es ist bereits um die Mittagszeit, wünsche ich einen Imbiß für die Jungfer und mich. Das wäre es zunächst. Alfred soll sich für weitere Befehle bereithalten."
Dann entließ er die Dienerschaft.
Kurze Zeit später brachte Alfred die Mahlzeit.

Beratungen und Entscheidungen

Während sie aßen wandte sich Wolfram an Helena.
„Du kennst doch sicher den Burgvogt. Was für ein Mensch ist er?"
„Wie meint Ihr das, Herr?"
„Nun ja, wie beurteilst du ihn?"
„Ich kenne ihn als einen ehrenwerten, aufrichtigen Mann, er ist gerecht. Er verlangte Gehorsam, war milde zu denen, welche ihm gehorchten, aber auch sehr streng gegenüber den Unaufrichtigen, den Unehrlichen, den Widerspenstigen, den Dieben und Räubern."
„Meinst du, ich kann ihm trauen und ihn in meine Dienste nehmen?"
Helena blickte den König etwas unschlüssig an, so, als wolle sie ihm etwas mitteilen, wisse aber nicht genau ob sie es wagen dürfe dies zu tun. Schließlich begann sie.
„Herr, zürnt mir nicht, aber trotz aller Feindschaft, die Ihr gegen König Harald hegtet, muß ich doch Fürsprache für ihn einlegen. Der König war kein Tyrann, er regierte so milde wie es möglich war, übte Gerechtigkeit gegen jedermann, beschützte die Städte, förderte das Handwerk, unterband, daß die Adeligen die Bauern mehr drückten als erforderlich war. Er genoß hohes Ansehen im Volk. Und

wenn Ihr das Reich beherrschen wollt, dann regiert ebenso weise und gerecht wie er. Dann wird Euch das Volk verehren und der Adel Euch treu dienen. Tut Ihr es nicht, werden Aufstände ohne Ende ausbrechen. Laßt Ritter von Seckingen den Treueeid schwören und er wird Euch ergeben sein und niemals verräterisch Euch gegenüber handeln, solange Ihr ihm keinen Grund gebt, sich nicht mehr an seinen Eid gebunden zu fühlen."

Der König blickte sie ernst an.

„Das war mutig gesprochen. Nicht viele Männer würden es wagen so mit mir zu reden. Aber es liegt Wahrheit in deinen Worten. Es war der erste wertvolle Ratschlag, den du mir gegeben hast. Deshalb zürne ich auch nicht."

Er schwieg kurz.

„Und wie denkst du über Haralds Frauen? Ich möchte sie in Ehren halten. Und sie sollen ihr weiteres Schicksal selbst bestimmen. Hier können sie allerdings nicht bleiben. Weißt du einen Ort, wo sie bis auf weiteres wohnen können?"

„Wißt Ihr, Herr, es sind hochmütige, stolze Frauen, alle von hoher Geburt, hübsch, aber nicht klug. Sie lieben den Luxus. Sie waren natürlich aufeinander neidisch, jede wollte in der Gunst Haralds ganz oben stehen. Doch er bevorzugte keine, zumal ihm auch keine einen Thronfolger gebar. Er spielte schon mit dem Gedanken, sich eine sechste Frau zu nehmen."

Sie schwieg kurz, überlegte, fuhr dann fort.

„Es gibt da, eine knappe Tagesreise von hier entfernt, die Burg Ehrenstein. König Harald nutzte sie als Zweitresidenz, hielt sich häufig mit seinen Frauen dort auf. Sie ist mit allen Bequemlichkeiten ausgestattet, welche die Königinnen erwarteten. Die Burg ist üblicherweise schwach besetzt, ein Amtmann, einige Kriegsknechte, einiges Burgvolk, Diener, Stallknechte, ein Schmied, ein Sattler. Der Amtmann heißt Adolf von Amstein, ein schwächlicher Mann mit einem lahmen Bein, der nicht zum Waffendienst taugt. Er verwaltet die königlichen Güter im Umkreis der Burg. Und die Kriegsknechte sind Invaliden."

„Das klingt sehr gut."

Der König rief nach Alfred.

„Bestelle die Königsfrauen und den Burgvogt zur Königshalle. Sie sollen sich in zwei Stunden dort einfinden. Ritter von Track soll auch hinzukommen."

Alfred trat ab.

„Udo von Track ist der Hauptmann meiner Leibgarde, du hast ihn heute morgen schon gesehen. Er ist ein tüchtiger, kluger junger Mann, leider mittellos, da er als jüngerer Bruder des Grafen Otto von Track nicht erbberechtigt ist. Ich beabsichtige ihm das Amt des Burgvogtes von Hohenfels zu übertragen. Wir haben nun etwas Zeit bis zu dem Treffen und können uns noch im Kabinett umschauen."

„Verzeiht, Herr, ich habe eine Bitte. Ihr sagtet doch, daß ich jetzt auch hier wohnen werde. Ich hatte bisher eine Kammer im Dienergeschoß, in der meine Kleider und mein schmaler Besitz untergebracht sind. Die möchte ich gerne holen, denn ich fürchte, daß sie sonst noch gestohlen werden."

Der König lachte.

„Ach, daran habe ich gar nicht gedacht. Selbstverständlich ist deine Bitte gewährt. Suche dir hier ein Zimmer aus, das dir gefällt und befehle einem Diener, deine Sachen dorthin zu bringen. Du mußt sie nicht selbst hoch tragen. Du kannst dann ins Kabinett nachkommen."

„Vielen Dank, Herr."

Zu der angegebenen Zeit versammelten sich die Gerufenen in der Königshalle. Nachdem sie Platz genommen hatten, hob König Wolfram an zu reden.

„Wir haben inzwischen über Euch folgende Entscheidung getroffen: die Königsfrauen werden Ihren Wohnsitz vorerst auf der Burg Ehrenstein nehmen, bis sie sich entschließen ihr weiteres Schicksal selbst zu gestalten. Sie gelten nicht als Gefangene, dürfen ungehindert reisen, solange sie nicht gegen mich konspirieren. Ihre Güter, sofern sie diese durch Erbschaft erworben oder als Mitgift erhalten haben, bleiben ihr Eigentum. Die Einkünfte daraus dürfen sie zur Bestreitung ihrer Lebensbedürfnisse verwenden. Auf Besitzungen, die Euch König Harald aus den Königsgütern gegeben hat, besteht allerdings kein Anspruch. Ihr seid natürlich auch berechtigt, Euren Wohnsitz auf einem eurer Güter zu nehmen. Ebenso habt Ihr das Recht, Euch mit einem Mann Eurer Wahl zu verheiraten, falls jemand um Eure Hand anhält. Jungfer Helena wird die entsprechenden Urkunden anfertigen und sie Euch vor Eurer Abreise aushändigen lassen. Habt Ihr noch Fragen?"

Eine der Frauen meldete sich zu Wort.

„Und wie steht es mit Dienern und Dienerinnen ?"

Der König lächelte.

„Dazu kommen wir gleich."

Er wandte sich dann an den Burgvogt.

„Ritter von Seckingen, Jungfer Helena hat Euch als einen ehrenhaften, aufrichtigen Mann geschildert; es würde mich daher freuen, wenn Ihr bereit wäret in meine Dienste zu treten. Seid Ihr bereit mir den Treueeid zu leisten ?"

Von Seckingen überlegte einen Augenblick. Noch hatte sich der König nicht darüber geäußert welcher Art die Dienste sein sollten. Dann entschloß er sich jedoch dem König zu vertrauen, da jener sich wohl über ihn erkundigt und sich eine gute Meinung von ihm gebildet hatte und antwortete:

„Ja, Herr, ich bin bereit."

„Dann tretet hervor."

Nachdem von Seckingen den Eid geleistet hatte, fuhr der König fort.

„Wie die Jungfer mir schilderte ist die Burg nur schwach besetzt. In Anbetracht der erwarteten Bedrohung des Reiches durch die Awaren und die Mongolen soll die Burg aufgrund ihrer Lage nahe der östlichen Grenze zu einer Festung ausgebaut werden. Diese Aufgabe sollt Ihr als Burgvogt wahrnehmen. Fürs erste werdet Ihr dort Euren Sitz nehmen, den Frauen auf ihrer Reise Sicherheitsgeleit geben. Nehmt zunächst einmal fünfzig Kriegsknechte aus der hiesigen Burgbesatzung mit, die Ihr Euch frei auswählen könnt. Euch und den Königsfrauen werden auch alle Diener und Dienerinnen mitgegeben, die hier nicht mehr benötigt werden. Weitere Bedienstete, die Ihr für erforderlich haltet, dürft Ihr aus der Bevölkerung der umgebenden Dörfer anwerben. Die Einkünfte aus den von der Burg verwalteten Königsgütern stehen Euch zur Bestreitung Eurer Ausgaben zu. Eure erste vornehmliche Aufgabe wird es sein, die Burg genauestens zu inspizieren und Vorschläge zur Verstärkung der Anlage zu erarbeiten. Berichtet mir darüber auf dem Reichstag, den ich zu geraumer Zeit einberufen werde."

Von Seckingen verneigte sich.

„Vielen Dank für die große Ehre, die Ihr mir erweist."

Der König lächelte.

„Bedankt Euch nicht, erweist mir durch Eure Taten, daß Ihr sie verdient habt. Bis wann könnt Ihr aufbrechen? Übermorgen?"

„Ja, Herr, die Zeit reicht für die Vorbereitungen."

„Gut, dann könnt Ihr gehen. Kommt morgens vor der Abreise zu mir und nehmt die Urkunden für Euch und die Frauen in Empfang."
Der König blickte in die Runde. Da offenbar niemand Fragen oder Einwände hatte, entließ er sie.

„Und nun zu dir, Udo. Du dienst mir schon seit vier Jahren treu, du bist tüchtig, klug, du hast dich bewährt und es ist die Zeit gekommen, die nun eine bedeutendere Aufgabe zu geben. Ich übertrage dir daher das Amt des Burgvogtes von Hohenfels. Du wirst die königlichen Güter verwalten und auch die königlichen Truppen werden deinem Oberbefehl unterstellt. Die Einzelheiten werden wir in den nächsten Tagen abklären. Ich nehme auch gerne Vorschläge von deiner Seite aus an."
Udo von Track zeigte unverhohlene Freude.
„Ich bedanke mich für diese Ehre und ich werde alles tun um die Erwartungen, die Ihr in mich setzt, zu erfüllen."
„Du kannst jetzt gehen. Und du hast ja auch gehört, was ich von Seckingen aufgetragen habe. Und als erstes solltest du den Tagesauflauf in der Burg neu organisieren, deine Waffenmannschaft zusammenstellen, dir einen Überblick über Einrichtungen und Quartiere verschaffen, den Dienern, sofern sie nicht zum Königsbau gehören, und dem übrigen Gesinde ihre Aufgaben zuweisen. Hierzu lasse ich dir freie Hand."
Udo von Track verabschiedete sich. Der König wandte sich dann an Helena.
„Damit haben wir dank deiner Ratschläge wichtige Angelegenheiten rasch geklärt. Ich erwarte jetzt noch die Herzöge zu einer Beratung. Da gibt es für dich nichts zu tun. Beginne daher schon einmal mit der Abfassung der Urkunden für von Seckingen und die Königsfrauen. Von den Urkunden wird auch eine Abschrift für das Kabinett benötigt. Außerdem, falls Zeit ist, solltest du dich nach Urkunden zu Besitzungen der Königsfrauen oder auch zu Schenkungen Haralds an sie umschauen."
Helena begab sich zum Königlichen Kabinett. Es handelte sich um einen recht großen, schmucklosen Raum mit zwei Fenstern an einer Wandseite. Vor dem einen stand ein großer Tisch, der Platz des Königs, vor dem anderen ein kleinerer, der Platz des Schreibers. Vier

ungepolsterte Sessel standen im Zimmer herum. Die übrigen Wände wurden, von der Türöffnung abgesehen, völlig von Schränken zur Aufbewahrung von Dokumenten bedeckt. Harald hatte wohl vorgesorgt als er das Kabinett anlegen ließ, denn nicht einmal die Hälfte der Schränke enthielt Schriftstücke. Alle Möbel waren aus hellem Holz gefertigt. Sie setzte sich erst einmal. Verwirrende Stunden lagen hinter ihr. Am frühen Morgen, als der Sturm auf die Burg begann, hatte sie fürchterliche Angst ausgestanden, getötet oder von den Kriegsknechten mißbraucht zu werden. Dann hatte sie der feindliche König ausgewählt, weil sie Lesen und Schreiben konnte. Allerdings hatte sie geargwöhnt, daß er sie nur ausgesucht hatte um an ihre seine Lust zu stillen, denn schließlich war sie ja sein Eigentum. Und die Befürchtung schien Wahrheit zu werden, als er ihr dann gebot ihr Kleid auszuziehen und ihr anschließend das Hemd vom Leibe zog. Doch zu ihrer Verwunderung hatte er sie lediglich angeblickt, sie durfte sich wieder ankleiden, ohne daß er sie berührt hatte und schließlich ernannte er sie zu seiner Beraterin und Leibschreiberin. Und dann hatte er ihr gegenüber diese seltsame Bemerkung gemacht, daß sie ihm gefalle und er sich wieder verheiraten wolle. Mittlerweile behandelte er sie wie eine alte Vertraute. Welcher Plan steckte dahinter ? Sie konnte keine Erklärung finden. Sie unterließ es dann, weiter darüber nachzusinnen, und begann mit ihrer Arbeit, da sie ihn nicht enttäuschen wollte.

Der Abend

Der König erschien als es schon dunkelte.
„Ich habe die Urkunden bereits verfaßt, Herr", meldete Helena, „allerdings habe ich noch keine Abschriften angefertigt, da Ihr sie ja sicherlich durchlesen möchtet."
Sie reichte ihm zögerlich die Blätter. Der König nahm sie, setzte sich an seinen Tisch.
„Besser hätte man es nicht formulieren können. Ja, sie sind recht so", meinte er nach einer Weile und fuhr dann fort, „ich habe mit den Herzögen vereinbart, daß der Reichstag in acht Wochen in Ergisfurt abgehalten wird. Überlege dir ein Schreiben an den königlichen Stadtvogt, daß er die Vorbereitungen in die Wege leiten soll."

Er schwieg kurz, dann fragte er:

„Gibt es unter den Dienern jemand, der Lesen und Schreiben kann?"

„Ja, Herr, er heißt Johann. Er mußte die Schreibarbeiten für die anderen Frauen übernehmen, da meine Herrin eifersüchtig darauf achtete, daß ich für ihre Rivalinnen keine Arbeiten erledigte. Er gehört zu denen, die ich Euch empfohlen habe. Er ist noch hier. Die Weiber waren immer so grob zu ihm."

„Nun, dann werden sie sich jetzt einen anderen Schreiber suchen müssen. Johann kann dann morgen bei den Abschriften mithelfen. Und du solltest jetzt mit der Arbeit aufhören. Das Bad wird schon hergerichtet sein."

„Ich soll mit Euch zusammen baden?"

„Ja, der Zuber ist doch groß genug für uns beide. Du brauchst keine Scheu vor mir zu haben."

Nach dem Bad begaben sie sich in den Speiseraum. Ein Diener brachte das Abendessen und Wein. Nachdem sie das Mahl eingenommen hatten, gingen sie in den Wohnraum, setzten sich auf die gepolsterte Bank. Wolfram begann zu plaudern, erzählte von Erlebnissen in seiner Kindheit und Jugend, fragte auch Helena nach Begebenheiten aus ihrem Leben. Helena spürte bald eine innige Vertrautheit zu dem Mann. Schließlich meinte er, es sei Zeit schlafen zu gehen. Helena wartete gespannt darauf, was nun geschehen würde, zögerte aufzustehen und ihr Zimmer aufzusuchen. Wolfram merkte dies, zog aber die falschen Schlüsse.

„Was ist mir dir?" fragte er sanft, „hast du vor etwas Angst?"

Sie schwieg.

„Ich glaube, ich verstehe das. Es ist die gleiche Burg, der gleiche Bau wie gestern, aber ein anderes Zimmer, und die Menschen, mit denen du vertraut warst, im Guten wie im Bösen, fehlen. Dafür umgeben dich jetzt jene, die noch gestern Feinde waren. Du kannst auch bei mir schlafen, wenn du dich da sicherer fühlst. Das Bett ist groß genug für uns beide. Möchtest du?"

Helena zögerte.

„Du brauchst keine Angst vor mir zu haben. Ich werde dich nicht entehren."

„Was heißt entehren ? Ich bin doch nur eine einfache Magd, Eure Dienerin, Euer Eigentum. Ich habe keine Ehre. Ich muß tun, was Ihr von mir verlangt."

„Dummes Kind", antwortete er nur.

Sie legten sich ins Bett. Wolfram zog sie an sich heran. Es tat ihm wohl, sie zu berühren, ihre Wärme zu spüren. Und Helena fühlte sich auch wohl. Bald schliefen sie ein.

Die Heirat

Es war schon hell als sie erwachten. Nachdem sie sich gewaschen und angekleidet hatten brachte Alfred das Morgenmahl.

„Bestelle den Kaplan zu mir. Er möge in einer guten Stunde kommen."

Helena blickte den König fragend an. Warum wollte er den Kaplan sprechen ? Sie traute sich aber nicht zu fragen. Der König merkte das, lächelte.

„Ich sehe, ich war etwas voreilig. Ich muß dich ja erst noch um deine Zusage bitten."

„Welche Zusage ?"

„Die Zusage, daß du meine Frau werden willst."

„Eure Frau ? Das ist doch ein Scherz ? Ihr habt schon gestern so etwas ähnliches gesagt."

„Nein, es ist kein Scherz. Wir sind füreinander geschaffen. Das habe ich gleich gespürt als du vortratest. Und der gestrige Tag und die Nacht haben mich darin bestärkt."

„Es ist doch nichts zwischen uns vorgefallen."

„Muß denn etwas vorfallen um festzustellen, daß man einen Menschen liebt ? Auch ein König ist nur ein Mensch, der Gefühle hat. Und ich bin sicher, du wirst eine gute Königin werden."

„Es kommt alles so überraschend, mir schwirrt der Kopf."

„Es gibt Momente, in denen das Schicksal winkt, Gelegenheiten bietet, dem Leben eine andere Richtung zu geben. Sie kommen überraschend, da darf man nicht lange nachdenken, zaudern sondern muß zupacken, sonst entschwinden sie wieder. Auf ewig."

„Und Ihr meint, unsere Begegnung ist so ein Wink des Schicksals ?"

„Ich spüre es."

„Gebt mir eine kurze Zeitspanne zur Besinnung. Der Kaplan kommt doch erst in einer Stunde. Bis dahin habt Ihr meine Antwort. Und wenn sie 'nein' lautet, dann werden wir schon eine Ausrede finden, ihm sagen, Ihr hättet ihn wegen einer Vergrößerung der Burgkapelle oder Verschönerung der Ausstattung rufen lassen."

„Ich gebe dir die Frist."

Helena erhob sich, ging in den Wohnraum, setzte sich auf die gepolsterte Bank.

Welch eine Wandlung innerhalb eines Tages. Von der Dienerin, der Leibeigenen zur Herrscherin. War es ein Traum? Und je mehr sie über die Ereignisse seit gestern morgen nachdachte, desto gewisser wurde sie, daß der König sie schätzte, verehrte, liebte. Und sie selbst war auch von Liebe zu ihm ergriffen worden. Sie fürchtete sich allerdings. Es war ihr, als würde sie mit der Zusage die Türe zu einem dunklen Raum aufstoßen, der ihr unheimlich war. Doch dann faßte sie Mut.

Der König hatte sich mittlerweile ins Kabinett begeben. Helena erhob sich, ging zu ihm hin.

„Herr, wenn ich einwillige, werden mich der Adel und das Volk überhaupt als Königin anerkennen? Ich bin doch nur von niederer Geburt."

„Mache dir deswegen keine Sorgen. Meine verstorbene Gemahlin stammte auch aus dem Volk und wurde als Königin geschätzt und geachtet. Es wird an dir liegen, ob du die Gunst und die Achtung der Männer und Frauen im Reich gewinnst. Aber ich zweifele nicht daran, daß du es schaffen wirst."

„Noch eine Frage, Herr. Erinnere ich Euch an Eure verstorbene Gemahlin?"

Er blickte sie an, schüttelte den Kopf.

„Nein, du bist kein Abbild von ihr, sondern ein eigener Mensch. Du siehst ihr auch gar nicht ähnlich. Und ihr Auftreten war auch anders. Sie war in sich gekehrt, weltabgewandt, ich konnte sie nie um Ratschläge fragen. Sie beherrschte auch die lateinische Sprache, las oft in einer Bibel, die ihr Oheim, der Bischof war, ihr vermacht hatte. Und sie besuchte oft die Kirche. Ich kenne dich nur wenig bisher, aber ich schätze dich völlig anders ein."

Er atmete tief durch.

„Und ich will ehrlich und deutlich reden. Ich möchte dich nicht heiraten, weil ich ein Abbild meiner verstorbenen Gemahlin möchte, sondern weil ich dich als Helena liebe."
Helena lächelte.
„Das ist gut. Ich willige ein."

Der Kaplan zeigte sich völlig überrascht als er erfuhr weshalb der König ihn einbestellt hatte. Er hatte offensichtlich Bedenken gegen diese rasche Heirat, wagte aber nicht, sie dem König gegenüber kund zu tun, sagte nur:
„Gottes Ratschlüsse sind unergründlich und sein Wille geht seltsame Pfade."
„Diese Worte hätte er sich sparen können, sie waren unnütz. Ich werde auch nicht öfter zur Kirche gehen als es meine Pflichten erfordern", meinte Helena, nachdem der Kaplan gegangen war.
Die Trauungszeremonie war für den Nachmittag angesetzt worden. Alfred wurde angewiesen, ein Festmahl für den Abend in der Königshalle vorzubereiten und die anwesenden Herzöge, den Burgvogt und von Seckingen einzuladen, ebenso die Königsfrauen, welche aber empört ablehnten.
Helena war darüber nicht traurig.
„Es war ohnehin nur eine Geste der Höflichkeit. Ich hätte mich über ihr Erscheinen nicht gefreut."

Die Trauung wurde in der Burgkapelle vollzogen. Nach Beendigung der Zeremonie traten die Herzöge vor Helena, knieten vor ihr nieder, erboten ihre Achtung und versicherten sie ihrer Treue. Dann begab man sich zum Festmahl. Sie waren beide müde als sie sich zu Bett begaben, aber nicht zu müde um nicht die Hochzeitsnacht zu zelebrieren.

„Jetzt bin ich nicht mehr dein Herr, sondern dein Gemahl und du mußt nun auch 'du' zu mir sagen", erklärte Wolfram am nächsten Tag als sie das Morgenmahl einnahmen.
Helena lächelte.
„Ist nicht der Mann Herr und Gebieter der Gattin ?"
Der König schüttelte den Kopf.

„Nicht bei den Gepiden. Dort ist die Frau die Kameradin des Mannes. Du wirst das lernen. Du wirst auch meine Beraterin bleiben. Es ist besser auf seine Kameradin, die offen und ehrlich ist, zu hören, als auf die oft heuchlerischen Reden der Herzöge, Grafen und Pfaffen."

„Aber ich werde auch lernen müssen, eine gute Königin zu sein, dem Volk als Vorbild zu dienen. Ich möchte nicht so hochfahrend werden wie Haralds Frauen."

Wolfram lächelte.

„Das sind gute Vorsätze. Und du hast Zeit zum Lernen. Noch bist du nur meine Gemahlin. Königin wirst du erst nach der Krönung auf dem Reichstag in Ergisfurt sein."

Beim Italiener in Lewes

Sie kennen Lewes nicht ?

Machen Sie sich deswegen keine Sorgen, es ist nur ein kleines Städtchen nahe der englischen Südküste unweit von Brighton. Mich hatte es im Frühsommer des Jahres 1998 für ein paar Tage dorthin verschlagen und eigentlich sind mir aus dieser Zeit nur zwei Ereignisse in Erinnerung geblieben: der Besuch eines Pubs namens ‚The gardener's arms' – des Guy Fawkes Plakates, der Jethro Tull Musik und des guten Bieres aus, wie es hieß, kleinen lokalen, unabhängigen Brauereien, wegen.

Das Plakat muß ich kurz beschreiben, obwohl es politisch völlig unkorrekt ist. Es wurde allerdings auch im Jahre 1998 in England verkauft und nicht in Deutschland. Es zeigte einen bärtigen Mann mit Hut, mit spitzem Gesicht und spitzer Nase, der eine Bombe hielt. Darunter stand: Guy Fawkes – The only person to enter Parliament with honest intentions.

Ich hatte das Plakat im Fenster gesehen und es gefiel mir auf Anhieb. Ach, beinahe hätte ich es vergessen, noch etwas anderes machte machte mir den Pub sympathisch. Neben dem Plakat war eine kleine Tafel angebracht; auf der stand: football free zone. Und das während der Weltmeisterschaft in Frankreich und auch noch bevor England im Achtelfinale gegen Argentinien ausschied.

Ich betrat also den Pub und da ich dachte, es würde etwas dumm aussehen nur nach dem Plakat zu fragen und es zu kaufen, setzte ich mich an einen freien Tisch und bestellte ein Bier. Im Hintergrund ertönte Musik. Nach einer kurzen Weile kam mir ein Lied bekannt vor. Es handelte sich um einen Song von Jethro Tull aus einem 1982 erschienen Album. Auf dieses Lied folgte ein zweites und ich merkte bald, daß das gesamte Album abgespielt wurde. Ich blieb daher, bestellte noch zwei weitere Biere. Das war ein wirklich angenehmer Abend.

Mit dem anderen Ereignis verbinden mich keine so herrlichen Erinnerungen. Es betraf den Besuch eines italienischen Restaurants, dessen Namen ich allerdings vergessen habe. Nicht vergessen habe ich jedoch jenes seltsame Erlebnis dort, dessen Sinn oder Logik mir bis heute unklar geblieben ist.

Es war abends, so gegen sieben Uhr und ich hatte Hunger; ich schlenderte die Straße entlang, suchte ein geeignetes Lokal fürs Abendessen. Ein kleines italienisches Restaurant wirkte einigermaßen einladend. Ich ging hinein und fand noch zwei kleine, freie Tische mit je zwei Plätzen vor. Eine freundliche, alte Dame, die ungefähr wie Miss Marple aussah, speiste am Tischlein dazwischen. Sie empfahl mir den Tisch am Fenster, vermutlich deshalb, weil auf der Bank hinter dem anderen Tisch ihr Krückstock lag, den sie sonst hätte wegräumen müssen. Ich nahm also Platz und schon gleich eilte eine adrette, junge Kellnerin mit blondem Pferdeschwanz herbei, fragte nach meinen Wünschen. Ich bestellte ein Getränk und bat um die Speisekarte. Die alte Dame pries unterdessen den Fisch an, der sei hier wirklich ausgezeichnet. Sie selbst aß Lachs. Während ich so wartete erschien ein eher unfreundlich wirkender älterer Mann, offensichtlich der Inhaber, und bat mich, allerdings höflich, an dem anderen Tisch, rechts neben der alten Dame Platz zu nehmen. Mir war es im Grunde einerlei, wo ich saß, fragte mich natürlich nach dem Sinn dieses Spiels, zumal die Kellnerin bereits das zweite Gedeck abgeräumt hatte. Ich wechselte also und die alte Dame entschuldigte sich vielmals, weil sie mir durch ihren Ratschlag Unannehmlichkeiten bereitet hätte. Ihren Krückstock mußte sie auch wegnehmen.

Der Wirt versuchte mir nun eine Vorspeise aufzudrängen, wurde sogar leicht mürrisch als ich ablehnte, schließlich wollte ich ja nur meinen Hunger stillen und nicht mich vollfressen. Dann legte er wieder das zweite Gedeck auf den Tisch am Fenster, murmelte bei dieser Arbeit der alten Dame zu, ‚er brauche den Tisch‘. Endlich stellte er noch ein Schild dazu; wahrscheinlich trug es die Aufschrift ‚Reserviert‘, ich konnte es aber von meiner Position aus nicht lesen.

Einige Zeit später betrat eine größere Gruppe, etwa sieben Personen, das Lokal. Der Wirt wies sie mit der Begründung ab, es seien nicht genügend freie Plätze vorhanden, obwohl sich dieses Problem mit etwas gutem Willen hätte lösen lassen, zumal die alte Dame schon um die Rechnung gebeten hatte und dem Wirt gegenüber eine Bemerkung machte, die ich zwar nicht verstand, aber offenbar soviel bedeutete wie ‚ich gehe sowieso gleich'. Dieser ließ sich jedoch nicht beirren und antwortete ihr, mit Blick auf den Platz am Fenster, er habe immer gern einen Tisch frei.

Die Leute verließen das Lokal, blieben aber noch eine Weile draußen vorm Eingang stehen, berieten vermutlich, wohin sie sich nun wenden sollten. Der Wirt andererseits blickte unterdessen, sehnsüchtig, wie mir schien, durch das Fenster den entschwindenden Gästen nach, so, als trauere er um die verlorene Einnahme.

Wenig später betrat ein junges Pärchen den Raum. Der Wirt wies ihnen sofort den Tisch am Fenster zu. Dabei war der Nebentisch frei, da die alte Dame mittlerweile gegangen war. Ich hatte auch nicht den Eindruck sie hätten reserviert. Das erstaunte mich nun doch etwas. Bald darauf erhielt ich mein Essen, schlang es hinunter, die Küche kann ich nicht weiter- empfehlen, verlangte anschließend die Rechnung. Der Wirt schaute mich etwas merkwürdig an als ich ihm das Geld gab. Ich vermute, er hätte wohl lieber eine Kreditkarte gesehen und auch gerne ein Trinkgeld erhalten. Ich konnte ihm allerdings mit beidem nicht dienen.

Ich ging, spazierte noch ein bißchen im Städtchen umher, dachte dabei noch einige Zeit über dieses merkwürdige Benehmen nach, ohne es allerdings zu verstehen. Als es zu dunkeln begann kehrte ich in mein Hotel zurück, wo ich unten im Pub noch ein Guinness trank.

Die Scherbe

Auf meinem Schreibtisch liegt eine Keramikscherbe, nicht sehr groß, etwa fünf mal zehn Zentimeter. Oft fragen mich Besucher, was es mit ihr auf sich hätte. Dann erzähle ich ihnen folgende Geschichte:

Vor Jahren befand ich mich einmal auf einer Geschäftsreise in der Stadt N. Ich hatte mich in einem kleinen Hotel in einer eher ruhigen Seitenstraße einquartiert. Eines morgens, ich war früher als gewöhnlich aufgewacht und hatte bis zum Frühstück noch etwas Zeit, stellte ich mich ans Fenster, um dem Treiben auf der Straße zuzusehen. Nach einer Weile fiel mein Blick auf eine alte Frau auf dem gegenüberliegenden Gehsteig, die einen schweren Krug schleppte. Während ich mich fragte, was da wohl drin sein mochte, kam ein kleiner Junge wild daher geradelt und rempelte die alte Frau an. Diese strauchelte, ließ den Krug fallen, welcher hart auf das Pflaster aufschlug und in zahllose Stücke zerschellte. Der Inhalt – es war Olivenöl, wie ich später erfuhr – ergoß sich auf die Straße. Ein Radfahrer rutschte wenig später auf der glitschigen Flüssigkeit aus und stürzte. Ein entgegenkommender Motorradfahrer, der ihm ausweichen wollte, geriet ins Schleudern und rammte ein am Straßenrand abgestelltes Automobil. Die Sache schien noch einmal glimpflich abgelaufen zu sein, niemand hatte sich ernstlich verletzt, lediglich an dem Auto war ein kleiner Blechschaden entstanden. Da stürzte aus einer Ladentür der Autobesitzer hervor und begann fürchterlich mit dem Motorradfahrer zu schimpfen. Dieser verteidigte sich und beschuldigte seinerseits den Radfahrer, welcher wiederum auf die alte Frau verwies; der wilde Knabe war natürlich schon längst über alle Berge. Kurz und gut, es entstand ein heftiger Streit, Passanten blieben stehen, mischten sich ein, zugunsten dieser oder jener Seite und so war schon nach kurzer Zeit eine wilde Rauferei im Gange, bei der wohl mancher eine Beule oder ein blaues Auge davontrug.

Am Ende waren fünf Streifenwagenbesatzungen notwendig, um die Kampfhähne zu trennen.

Als ich etwa eine halbe Stunde Stunde später – nach dem Frühstück – das Haus verließ, lief das Leben auf der Straße wieder seinen normalen Gang, nur ein paar Scherben im Rinnstein erinnerten noch an das vorangegangene Spektakel. Ein besonders schönes Exemplar habe ich aufgehoben und als Andenken mitgenommen.

Ein Telefongespräch in Boston

Da kommt man nach Amerika, glaubt, man kann sich ohne große Schwierigkeiten verständigen, weil man des Englischen ja einigermaßen mächtig ist, erlebt allerdings dann bei den einfachsten Dingen einen furchtbaren Reinfall, um am Ende aber festzustellen, daß die ganze Aufregung umsonst war: ‚Viel Lärm um nichts' wie es schon bei Shakespeare heißt.

Die Sache war die: letzten August flog ich nach Boston, weil ich bei einer Tagung der American Chemical Society einen Vortrag halten mußte. Unter den Konferenzunterlagen, die man mir zugeschickt hatte, befand sich auch ein Kärtchen, das zur verbilligten Benutzung eines Sammeltaxis vom Flughafen zum Hotel bzw. zum Flughafen zurück berechtigte. Es war natürlich auf ihm auch eine genaue Beschreibung der Haltestelle am Flughafen, sowie die Bemerkung, daß für den Rücktransport eine Reservierung notwendig sei, zu finden. Die Telefonnummer der Vermittlungszentrale war angegeben. Keine Schwierigkeit also. Oder etwa doch?

Ich rief nun am Tag vor der Abreise gegen Mittag bei der entsprechenden Stelle an, äußerte den Wunsch nach einem Transport zum Flughafen am späten Nachmittag. Dann jedoch wollte der Mann am anderen Ende der Leitung die Abflugzeit, die Luftverkehrsgesellschaft und auch meinen Namen wissen. Ich nannte es ihm. Beim Nachnamen klappte dies ganz gut. Dann war der Vorname an der Reihe. Er verstand ihn nicht richtig. Ich buchstabierte: ‚ef', ‚ar', ‚ei', ‚ti', ‚sed'.

Wie lautete der letzte Buchstabe, bitte?" fragte der Mann zurück.
„ ‚sed' ", wiederholte ich.
„Ich habe nicht verstanden", erwiderte der Mann.
„ ‚sed' ", wiederholte ich erneut.

„Ich kenne diesen Buchstaben nicht", lautete die Antwort.

Ich war verwirrt; was bedeutete das ? Das ‚z' wird im Englischen ‚sed' ausgesprochen, da war ich mir völlig sicher. Schließlich hatte ich das vor vielen Jahren so und nicht anders in der Schule gelernt.

„ ‚sed' ! ‚ex', ‚wai', ‚sed', der letzte Buchstabe im Alphabet", erklärte ich nun.

„Das verstehe ich nicht", erklang es zurück.

„Doch, ‚sed' ", wiederholte ich.

Aber der Mann beharrte auf seiner Ansicht.

„Diesen Buchstaben gibt es nicht", belehrte er mich, „meinen Sie vielleicht ‚si' ?"

Das bedeutete meiner Kenntnis nach jedoch ‚c'. Nun heiße ich aber ‚Fritz' und nicht ‚Fritc'.

„Nein, ‚sed' ", entgegnete ich schon halb verzweifelt.

Die Antwort blieb die gleiche wie vorher.

„Diesen Buchstaben gibt es nicht."

Da war nichts zu machen. Der Münzvorrat neigte sich langsam dem Ende zu und ich hatte kein Kleingeld mehr, mußte mich mit der Reservierung beeilen. Um die Sache nicht noch weiter hinauszuzögern, gab ich schließlich nach.

„Schreiben Sie eben ‚es' !"

Der Mann war zufrieden.

Nun werde ich zwar ewig in der Büchern als ‚Frits' herumgeistern. Was soll's ? Er teilte mir noch eine Reservierungsnummer mit, die ich aber nicht richtig verstand, da plötzlich andere Stimmen in der Leitung aufkreuzten und die Verbindung dann jäh abriß.

„Es wird schon gut gehen", beruhigte ich mich.

Und in der Tat um die angegebene Uhrzeit erschien ein Sammeltaxi. Es warteten noch andere, so viele, daß nicht alle Platz fanden.

„Sie brauchen sich keine Sorgen zu machen", sagte der Fahrer, ‚in zehn Minuten kommt das nächste."

Am Flughafen bezahlte ich dann, wollte ihm, korrekt wie ich nun einmal bin, meinen Namen und die Reservierungsnummer mitteilen, damit er es weiterleite. Doch ihn interessierten weder Name noch Nummer.

„Wenn Sie bar bezahlen brauche ich das nicht."

Einige Tage später erzählte ich die Geschichte einem Kollegen. Der erkundigte sich bei einem amerikanischen Bekannten.
„ ‚sed' ist englisches Englisch, die Amerikaner sagen ‚si' ", klärte er mich auf. Das war mir neu, denn in der Schule hatten wir nur ‚sed' gelernt.
Wie heißt es doch so schön: Nicht für die Schule, sondern für das Leben lernen wir.
„Für welches Leben ?" fragte ich mich an diesem Tag.

Das Urweib

Mit mäßiger Geschwindigkeit rollte der EC 52 'Heinrich Heine' Frankfurt - Paris durch die östliche Champagne. Ab und zu schaute ich zum Fenster hinaus, betrachtete mir die Landschaft und rauchte dabei eine Zigarette. Meistens saß ich jedoch auf meinem Platz, ein Ringbuch auf den Knien und schrieb. Dabei vertiefte ich mich so sehr in meine Arbeit, daß ich den plötzlichen Ruck, der durch den Zug ging, erst bemerkte, als das Ringbuch von meinem Schoß rutschte und zu Boden fiel. Ich bückte mich, um es wieder aufzuheben.

„Ziemlich unbequem, in dieser Stellung zu schreiben", bemerkte die mir schräg gegenüber sitzende Dame.

„Es geht, es gibt schlimmeres", antwortete ich mit bewußt unfreundlicher Stimme, um so zu betonen, daß ich kein Interesse an einer längeren Unterhaltung besaß.

Sie war in Kaiserslautern zugestiegen und musterte mich und mein Treiben nun schon seit gut drei Stunden fast unablässig, mal spöttisch herablassend, mal eher neugierig. Sie war von kräftiger Gestalt und eher häßlich als hübsch, ihre dunkelbraunen, leicht lockigen Haare hatte sie zu einer Art Schopf zusammengebunden. Ich schätzte sie auf etwa Mitte vierzig. Unsere Konversation hatte sich bisher auf einen kurzen Gruß beim Betreten des Abteils beschränkt.

„Was schreiben Sie da eigentlich ?" fragte sie jetzt, offensichtlich unbeeindruckt von meiner schroffen Antwort.

„Eine Geschichte", entgegnete ich, noch einen Ton unfreundlicher.

Viele Gedanken schwirrten in meinem Kopf umher, gute, witzige Formulierungen, wie ich überzeugt war, und ich wollte sie unbedingt schriftlich festhalten bevor ich sie wieder vergaß und sie somit für immer in der Unendlichkeit der Zeit verschwanden. Ein Gespräch störte da nur. Nicht nur aus diesem Grunde, sondern auch, weil sie nicht gerade der Typ Frau war, der die Blicke der Männer (zumindest nicht meine) auf sich zog, hatte ich sie bisher nur wenig beachtet. Doch die Mitreisende ließ sich nun nicht mehr beirren, die weibliche Neugier war geweckt und triumphierte über meine Kratzbürstigkeit.

„Was ist das für eine Geschichte ?"

„Vom Urweib", erwiderte ich mürrisch.

„Die Handlung spielt wohl in der Steinzeit ?"

„Nein, im August 1997 !"

„Aber sicher in den Urwäldern Afrikas ?"

„Nein, in Deutschland !"

Ihre Fragerei ging mir auf die Nerven. Sie blickte mich nun böse an.

„Und da benutzen Sie solche Ausdrücke !"

Was sollte eigentlich der Plural ? Bisher hatte ich doch nur 'Urweib' gesagt. Das war ein Ausdruck! Singular ! Würde sie doch nur 'Frau im Blick' oder meinetwegen auch das 'Emanzenjournal' lesen und mich in Ruhe lassen, anstatt mir unberechtigt Vorwürfe zu machen, schließlich ging es sie ja überhaupt nichts an, was ich da schrieb. Hätte ich doch bloß meinen Mund gehalten. Aber, gesagt ist gesagt, und nun fühlte ich mich verpflichtet, mich zu rechtfertigen.

„Was heißt hier 'solche Ausdrücke' ?" erwiderte ich giftig.

„Das Wort 'Weib' alleine ist schon diskriminierend. Sie sind wohl ein unverbesserlicher Macho."

Aha, eine zänkische Emanze also, dick und häßlich noch dazu.

„Wenn man etwas bestimmtes treffend ausdrücken will, darf man sich nicht an die politisch korrekte Sprachregelung halten", belehrte ich sie nun mit fester Stimme.

Sie blickte mich nun noch feindseliger an, schwieg aber glücklicherweise.

„Gott sei Dank", dachte ich und versuchte, mich wieder auf meine Arbeit zu konzentrieren.

Jedoch, all die guten Einfälle waren aus meinem Gehirn entflohen und ich brachte keinen vernünftigen Satz mehr zustande, klappte daher das Ringbuch zusammen, legte es zur Seite und zündete eine Zigarette an. Die Frau musterte mich weiterhin. Ich spürte eine Spannung der Neugier in ihr wachsen, offenbar wollte sie unbedingt Näheres über meine Geschichte wissen. Ich täuschte mich nicht. Ihre Gesichtszüge wurden versöhnlicher.

„Also, was meinen Sie mit 'Urweib' ?" fragte sie schließlich. Ihre Stimme klang fast freundlich, sie lächelte sogar.

„Also, wie der Name sagt, die Urform des Weibes."
Sie verzog das Gesicht und ich fühlte mich zu einer näheren Erklärung verpflichtet.

„Also, ich meine, das Weib, unverdorben durch das was Sie als geschlechtsspezifische Erziehung bezeichnen würden. Daher ist das Wort ja auch keineswegs diskriminierend gemeint, wie Sie mir unterstellt haben. 'Weib' ist ja auch das ursprüngliche Pendant zu 'Mann', wie Sie vielleicht aus dem Deutschunterricht her wissen, 'Frau' bedeutete früher 'Herrin' und das Wort 'Dame' hat erst in jüngerer Zeit Einzug in die deutsche Sprache gehalten. Es steht meiner Ansicht nach für jene vornehmen, affektierten, arroganten, launischen weiblichen Wesen, die zivilisatorisch schon total verdorben sind und jedem Mann als reine Nervensägen erscheinen müssen. Sie riechen also nach Degeneration und kommen daher, so meine ich, für einen Mann auch kaum als echte Partnerinnen in Frage, sondern wollen bedient, umsorgt und umworben werden, um den Mann endlich, vielleicht, wenn sie gut gelaunt sind, ihre weiblichen Reize kosten zu lassen."

„Und das nennen Sie 'unnormal' ?"

„Ja."

Sie schüttelte den Kopf.

„Was Sie da sagen erscheint mir ziemlich absurd. Aber wenn Sie schon Sprachmythologie treiben, dann erklären Sie mir doch bitte, warum es 'das Weib' heißt, es sich bei dem Wort um ein Neutrum handelt, nach Ihrer Theorie müßte es doch zumindest feminin sein."

Diesen Umstand hatte ich allerdings bisher noch nicht beachtet und wußte daher auch keine rechte Antwort. Also schwieg ich und erwartete, daß sie Ihren Triumph nun ausnutzen und mir eine umfangreiche Belehrung erteilen würde. Aber offenbar wußte sie ebenso wenig wie ich eine Erklärung, denn sie schwieg ebenfalls, schaute mich jedoch erneut spöttisch herablassend an. Ihren Einwand und ihre Blicke ignorierend startete ich einen neuen Versuch, um meine Position wieder zu verbessern.

„Nehmen wir den Satz 'eine Dame hackt Holz'. Das klingt doch unmöglich und 'eine Frau hackt Holz' ist auch nicht viel besser, aber wenn Sie sagen 'ein Weib hackt Holz', dann treffen die Worte den Kern."

„Das Beispiel ist äußerst schlecht, Holzhacken ist keine typische Arbeit für eine Frau", warf die Emanze schnippisch ein.

Ich ließ mich jedoch nicht beirren.

„Also gut, ein anderes Beispiel: 'Der Säugling trinkt an der Brust der Dame'. Das klingt doch völlig lächerlich. Bei 'der Säugling trinkt an der Brust des Weibes' dagegen paßt jedes Wort zum anderen. Hier verbinden sich Urwort und Urtätigkeit. Finden Sie nicht auch?"

Die Mitreisende blickte mich spöttisch an:

„Jeder normale Mensch würde sagen, 'der Säugling trinkt an der Brust der Mutter' oder 'der Amme' vielleicht, ansonsten klingt für mich das alles gleich gut oder gleich schlecht. Was Sie da von sich geben ist nichts weiter als dümmliches Intellektuellengeschwätz."

Gegen Unbelehrbare sind selbst die Götter machtlos; da hatte ich mir die beste Mühe gegeben, ihr meine Ideen zu erklären und mich am Ende nur blamiert. Was ging mich diese Frau eigentlich an? Sie wollte mich nicht verstehen, und ich hatte kein Interesse, mich mit ihr herumzustreiten. Ich blickte zum Fenster hinaus und betrachtete mir die Landschaft. Bald hörte ich hinter mir Gemurmel.

„Der Säugling trinkt an der Brust der Dame.... der Säugling trinkt an der Brust des Weibes."

Wollte sie mich verspotten? Nein, ihre Worte klangen ernst, es fehlte der schnippische Unterton. Ich blickte mich um. Die Mitreisende hatte inzwischen eine bequemere Stellung eingenommen, sich der Länge nach ausgestreckt und die Füße auf den Sitz neben mir gelegt. Aha, sie fühlt sich also mir nun überlegen und glaubt jetzt, sie habe das Recht, sich hier im Abteil herumzulümmeln. Aber hübsche Beine hat sie, das muß man zugeben und außerdem trägt sie Strümpfe, dachte ich. Sie blickte mich lächelnd an.

„Also was Sie da gesagt haben ist zwar reiner Unsinn, aber mir scheint, ein vernünftiger Grundgedanke steckt dennoch dahinter. Sie meinen doch sicher eine bestimmte Frau. Erklären Sie mir doch einfach, warum Sie diese als Urweib bezeichnen, vielleicht verstehe ich dann Ihre Theorie besser."

Trotz ihrer Freundlichkeit kam ich mir vor wie ein Schuljunge gegenüber der Lehrerin. Ich antwortete also brav:

„Die Idee kam mir vor zwei Wochen während der Mittagspause in der Cafeteria unserer Firma. Als ich um einen Espresso anstand fiel mir an einem der Tische eine Frau auf. Sie saß lässig da und rauchte eine Zigarette. Dabei blies sie den Rauch durch die Nase wieder aus. Ziemlich ungewöhnlich, besonders bei einer Frau, zumal es nicht ein feiner Rauchstrahl war, was da hervorquoll, sondern der volle Qualm. Sie sah aus wie ein Drache."

Die Mitreisende blickte mich streng an.

„Nicht wie eine böse Ehefrau, die man als solchen bezeichnet, sondern wie ein Drache aus einem Kinderbuch; Sie verstehen, was ich meine ?" sagte ich entschuldigend.

Ihre Miene wurde wieder versöhnlich.

„Das weckte mein Interesse und ich erwog, mich zu ihr zu setzen. Da auf den freien Tischen keine Aschenbecher standen, gab es ja auch einen unverfänglichen Grund, neben ihr Platz zu nehmen. Unglücklicherweise wurde kurze Zeit später, noch bevor ich meinen Espresso erhalten hatte, ein Nebentisch mit Aschenbecher frei, so daß ich von meinem Vorhaben Abstand nehmen mußte, ich wollte ja nicht aufdringlich erscheinen. Allerdings konnte ich sie von meinem Platz aus gut beobachten. Ich verfolgte ihre Bewegungen, Gesten, wie sie von Zeit zu Zeit ihre Körperhaltung veränderte, die Beine übereinanderschlug. All dies erfolgte in einer Art, die wohl Mütter zu der Bemerkung 'ein anständiges Mädchen tut das nicht so' veranlaßt hätte. Dabei wirkte all dies gar nicht anstößig, sondern natürlich. Bei einem Mann hätte das niemand bemängelt. Während ich so überlegte, wie ich sie charakterisieren sollte, fiel mir das Wort 'Urweib' ein, wohl deshalb, weil ihre Bewegungen so etwas ursprüngliches, unverdorbenes, ja fast überlegenes an sich hatten, das direkt der Seele zu entspringen, also nicht anerzogen oder bewußt angewöhnt, erschien. Dieser Eindruck hat sich später noch verstärkt. Am darauffolgenden Nachmittag traf ich sie in der Kantine. Sie aß Kuchen und trank Cola dazu, aus der Flasche. Im Grunde genommen nicht ungewöhnlich, aber in der Kantine benutzt man normalerweise ein Glas. Bisher hatte ich das jedenfalls, einige Bauarbeiter ausgenommen, noch nie gesehen. Ja, und einige Tage später sah ich sie dann auf der Treppe sitzen und rauchen. Ich blickte sie kurz an und sie grinste lässig zu mir herüber. Sie genoß einfach ihre Zigarette und ließ sich von den Kollegen, die hoch- oder runtergingen, nicht im geringsten stören. Sie saß da, als sei es die natürlichste Sache der Welt. Sie sehen, ich meine das Wort 'Urweib' also keinesfalls negativ. Sie ist übrigens ziemlich hübsch und Strümpfe trägt sie auch."

Dabei blickte ich prüfend die Füße der Mitreisenden an. Ein breites Grinsen zog sich jetzt über deren Gesicht.

„Und wegen dieser, meiner Ansicht nach keinesfalls ungewöhnlichen Kleinigkeiten, erfinden Sie extra ein neues Wort und nennen sie 'Urweib'? Ich glaube vielmehr, die Dame hat Ihnen gefallen und Sie haben nach Gründen gesucht, warum gerade diese Frau und nicht eine andere Ihr Interesse auf sich zog. Und dabei haben Sie einige eher unwichtige Beobachtungen zu einer 'großen' Theorie aufgebauscht."

„Das trifft zwar einigermaßen den Kern der Sache", stimmte ich kleinlaut zu, „aber Sie müssen verstehen, ich halte diese Frau für emanzipiert, nicht durch Erziehung oder eine eigenbestimmte Entwicklung, sondern bereits von Natur aus. Das ist das Ergebnis meiner Überlegungen und in der Beziehung unterscheidet sie sich auch von anderen Frauen, daher das neue Wort."

Die Mitreisende ging auf mein Argument gar nicht ein und wurde nun unverschämt.

„Ja, und am liebsten wären Sie mit ihr gleich ins Bett gegangen", bemerkte sie spitz.

Das ging nun wirklich zu weit.

„Darüber habe ich noch gar nicht nachgedacht. Außerdem ist sie zwanzig Jahre zu jung für mich."

„Zwanzig Jahre zu jung für mich", äffte sie mich nach, „das habe ich bisher noch von keinem Mann ihres Alters gehört. Sie sind doch höchstens Anfang vierzig."

„Fünfundvierzig", verbesserte ich.

„Na also, was wollen Sie denn?"

„Aber ein Jüngling bin ich auch nicht mehr und außerdem lege ich keinen Wert auf solche Einmalaktionen. Nein, um mit einer Frau zu schlafen, muß man sie erst einmal näher kennenlernen, um herauszufinden, ob sie auch zu einem paßt. Dann kommen da noch wichtigere Eigenschaften ins Spiel."

„Welche denn zum Beispiel?"

„Das wichtigste ist, daß sie Jethro Tull mag."

Die Mitreisende prustete sich vor Lachen.

„Sie wollen mich wohl veräppeln!"

(Ehrlich gesagt, sie benutzte einen etwas derberen Ausdruck, den ich aber hier nicht wiedergeben möchte, da ich der Meinung bin, daß die deutsche Literatur schon genug mit Vulgaritäten durchsetzt ist.)
„Keineswegs", entgegnete ich ernst.
„Also ich habe schon gehört, daß Männer bei Frauen auf den Busen, den Hintern, die Beine, in seltenen Fällen sogar auf Witz und Intelligenz Wert legen, aber 'Jethro Tull' ist absolut neu."
„Wissen Sie überhaupt, wer das ist?"
Ihre Augen begannen zu leuchten, eigentlich war sie doch ganz hübsch.
„Aber klar, schon seit meiner Jugend."
„Also noch nicht lange", meinte ich ironisch.
„Ach seien Sie doch nicht kindisch und lassen Sie diese plumpen Komplimente."
Sie hatte sich inzwischen eine Zigarette angezündet und blies den Rauch demonstrativ durch die Nase aus.
„Sehe ich jetzt auch wie ein Drache aus?" fragte sie spitzbübisch, sie sah wirklich süß aus.
„Ja, wie ein Drachenlehrling", lachte ich.
„Oh, lachen können Sie auch? Das ist ja eine ganz neue Erfahrung für mich. Ja, Jethro Tull habe ich das erste Mal gehört, als ich fünfzehn war. Es war ein Auftritt im 'Beat-Club'. 'Sweet Dream' spielten sie damals, ein wirklich heißer Song, seitdem bin ich ein Fan. Welchen Titel mögen Sie eigentlich am liebsten?"
„Budapest."
Sie lachte, sie war wirklich hübsch.
„Ja, das paßt zu Ihnen, aber ich hätte eher vermutet, daß Sie ‚Too old to Rock'n'Roll: Too young to Die!' sagen würden."
„Und Ihrer?"
Sie überlegte eine Weile.
„ Wind Up"
„Na ja, das spricht auch nicht gerade für ein ungebrochenes Verhältnis zu Gott und der Kirche", bemerkte ich etwas spöttisch.
Sie zog den Mund schief und zuckte mit den Achseln, als wollte sie sagen ‚na und', fuhr dann aber fort:
„Lenken Sie nicht vom Thema ab, kommen wir zurück zu Ihrer Antwort. Wieso sagten Sie 'Jethro Tull'?"

Ich blickte meine schöne Reisegefährtin freundlich an. Die letzten Sätze unserer Unterhaltung hatten meine bisherige Abneigung ihr gegenüber schwinden lassen, ja mit ihr konnte man wirklich gut reden.

„Ganz einfach, es ist der seelische Gleichklang; gleiche Interessen, gleiche Lebenseinstellung, zumindest außerhalb des Berufs, ist für mich Voraussetzung für eine dauerhafte Beziehung. Erst dann macht der körperliche Kontakt, der ja nur ein Teilaspekt ist, wirklich Spaß. So meine ich das. Und das passende Alter ist für den Gleichklang besonders wichtig. Sie wissen, was ich meine - Generationenkonflikt."

Die Reisegefährtin lachte laut.

„Das heißt, Sie überprüfen jede Frau, die Ihnen gefällt anhand einer Art Checkliste. Wer die Punkte nicht erfüllt, scheidet aus. Das ist Ihr Problem, deswegen schreiben Sie wahrscheinlich auch diese Geschichte und konstruieren sogar einen 'Generationenkonflikt', wobei ich gar nicht weiß, worin er bestehen soll. Ich denke, im Grunde genommen suchen Sie bloß Argumente gegen Ihre Wollust. Und da Sie an Ihrem 'Urweib' bisher noch keinen Fehler gefunden haben, behaupten Sie nun, sie sei zu jung. Dabei ist sie doch immerhin bereits Mitte zwanzig oder so."

Ich wollte noch einiges hervorbringen, um meine Argumente bezüglich des Alters zu untermauern, aber sie ließ mich nicht zu Wort kommen.

„Wissen Sie, was ich glaube: im Grunde genommen wollen Sie gar keine Frau. Sie haben vermutlich eine unglückliche Ehe hinter sich, sind jetzt enttäuscht, frustriert, mißtrauen nun allen 'Weibern' und wehren sich deshalb gegen eine neue Bindung. Vielleicht hoffen Sie auch, daß Ihre Frau zu Ihnen zurückkehrt. Ihre Checkliste dient Ihnen doch nur als Argument gegen Ihre Gefühle. 'Jethro Tull', 'Strümpfe', 'Rauch durch die Nase blasen', mein Gott, das sind doch alles Lächerlichkeiten. Und wenn Ihnen gar nichts mehr einfällt, dann muß vielleicht der Durchmesser der Haarlocke herhalten oder ihre Vorliebe für Milchkaffee; Hauptsache, Sie haben etwas gefunden, das gegen die betreffende Dame spricht und Sie sich nun guten Gewissens einreden können, daß sowieso keine Frau zu Ihnen paßt. Stimmt's?"

Sie grinste und schaute mich augenzwinkernd an. Ich blieb die Antwort schuldig. Sie bemerkte meine Verlegenheit und fragte nun provozierend - ihre Stimme klang ein wenig zynisch:

„Was bringen Sie eigentlich gegen mich hervor?"
Ich schwieg beschämt. Glücklicherweise verlangsamte der Zug seine
Fahrt. Wir erreichten Paris Est. Wir nahmen unser Gepäck und liefen
langsam in Richtung Türe, sie vorneweg. Beim Verlassen des Zuges
drehte sie sich noch einmal kurz um und sagte: „Tschüs."
„Auf Wiedersehen", gab ich zur Antwort.
Ich blickte ihr nach. Eigentlich war sie ja ziemlich schlank, im Grunde genommen hatte sie sogar eine ganz tolle Figur. Es blieb aber keine Zeit zum Träumen; ich mußte die richtige Metro zum Gare Mont-
parnasse erwischen. Erst später, im TGV nach Tours, fiel mir die nette Reisegefährtin wieder ein. Ihr Reiseziel war mir unbekannt, ja, ich
wußte nicht einmal ihren Namen. Schade!
Aber vielleicht werde ich sie am Samstag auf der Rückfahrt wiedersehen.

Der reiche Bauer

Vor vielen Jahren lebte einmal ein reicher Bauer. Er besaß ein großes Stück Land und beschäftigte viele Mägde und Knechte, die von früh bis spät fleißig für ihn arbeiteten. Wenn die Zeit der Ernte kam, füllten sich seine Speicher und Scheunen, so daß sie schier zu bersten drohten. Der Bauer sah wohl, daß Gottes Segen auf ihm ruhte, und er kannte deshalb auch keinen Geiz. Kein Armer oder Bettler wurde vor seiner Türe abgewiesen, nein, er gab ihnen auch noch genügend Wegzehrung mit, daß sie wohl eine oder zwei Wochen nicht hungern mußten.

Die Kunde von dem reichen Bauer verbreitete sich im ganzen Land und schon bald strömten von überall her die Armen, um seine Mildtätigkeit zu genießen. Aber es kamen nicht nur Leute, die unverschuldet in Not geraten waren, sondern auch welche, die ihren Tag lieber im Wirtshaus beim Trinken und Spielen verbrachten anstatt zu arbeiten. Als diese von dem großzügigen Bauern hörten, sagten sie sich, wenn dieser Dummkopf sein Hab und Gut so freigiebig verteilt, so wollen wir nicht zurückstehen und so viele Gaben wie möglich erhalten. Und sie eilten zu ihm, und der Bauer teilte aus, denn es war ja genügend vorhanden.

Die Zahl der Almosenempfänger wuchs von Tag zu Tag. Schließlich sagten sich viele, auch solche Leute, die bisher redlich ihr tägliches Brot verdient hatten:
„Warum sollen wir arbeiten, säen, ernten, wo wir doch beim reichen Bauern alles umsonst bekommen?"
Und so ließen sie ihre Felder und Höfe im Stich um zu dem reichen Bauer zu ziehen.
Eines Tages im Herbst, als wieder einmal eine riesige Menge auf ihre Gaben wartete, warnten die Knechte.

„Herr, gib nicht zu viel !" sagten sie, „der Winter wird lang und hart."

Doch der Bauer lachte nur:

„Die Ernte war gut, seht nur wie voll die Kammern und Scheunen sind."

Und er teilte mit vollen Händen aus. Doch bereits an Weihnachten hatten die Vorräte schon beträchtlich abgenommen. „Herr, halt ein !" warnten die Knechte, „der Winter hat erst begonnen und wird noch lange dauern."

Doch der Bauer lachte nur:

„Seid nicht so bange, es ist noch genügend da."

Aber am Lichtmeßtag waren die Speicher schon ziemlich leer. Der Bauer merkte wohl, daß die Vorräte bald sehr knapp sein würden und gab jedem nur noch das notwendigste. Da wurden die Leute böse, eilten nach Hause und holten Sensen, Mistgabeln, Äxte und Dreschflegel. Sie schalten den Bauern einen Geizhals und drohten ihm. Voller Angst gab der Bauer wieder großzügig, doch nach zwei Wochen waren die Vorräte endgültig aufgebraucht.

„Ich kann euch nichts mehr geben, denn ich habe nichts mehr", rief der Bauer den Leuten zu, aber diese glaubten ihm nicht, schrien laut und verlangten ihre Almosen. Schließlich stürmten sie den Hof, töteten den Bauern und seine Knechte, fanden jedoch nichts, denn Scheunen und Speicher waren tatsächlich leer.

Nun war die Not groß, ihre eigene Ernte war, sofern sie im Jahr zuvor überhaupt ihre Äcker bestellt hatten, schon längst auf den Feldern verfault, auch Saatgut gab es nicht mehr. Die Leute prügelten sich um das wenige was sie noch fanden und begannen, einander wegen einer Handvoll Korn zu töten.

Doch es half nichts: bereits an Ostern litten sie unerträglichen Hunger und an Pfingsten waren die meisten gestorben.

Eine geheimnisvolle oder auch rätselhafte Bekanntschaft

Manche Winter verdienen ihren Namen nicht so recht; sie verstreichen ohne die an sie gestellten Erwartungen oder Befürchtungen, je nach Standpunkt, zu erfüllen. Ich, zum Beispiel, mag keinen Schnee, er macht die Straßen glatt. Schneefälle in der Nacht bedeuten quälende Fahrten zur Arbeitsstätte am nächsten Morgen, Verkehrsstaus auf den Autobahnen, stundenlanger Kriechgang. Nicht nur, daß man zu spät kommt, man ist auch 'genervt', wie man sich heutzutage so schön ausdrückt, wünscht schon gleich nach der Ankunft den Feierabend herbei, fürchtet ihn aber zugleich, da am Abend das gleiche Chaos zu erwarten ist. Hinzu kommt das Schneeräumen am Morgen, meist mit leerem Magen, vor dem Frühstück. Die Kommunen machen es sich da leicht, verpflichten die Hausbesitzer die Gehsteige freizuhalten und abzustreuen, aber sie selbst entziehen sich solchen Aufgaben.

'Eingeschränkter Winterdienst im gesamten Ortsbereich'.

Diesen Spruch, in schwarzer Schrift auf einer kleinen, weißen Tafel, findet man häufig an den Zufahrtsstraßen, auch an Fußwegen durch Anlagen, und so weiter. Also, wenn jemand auf dem Bürgersteig fällt, so ist der Eigentümer des angrenzenden Grundstücks verantwortlich, wenn er aber auf einen Fußweg im Park auf die Schnauze fällt, so ist er selbst schuld. So ist das eben heutzutage in unserem Staat.

Nein, ich mag keinen Schnee; er verursacht nur unnötige Arbeit und überflüssige Schwierigkeiten, die im Sommer nicht anfallen. Nun ist aber die globale Erwärmung noch nicht soweit fortgeschritten, daß die Winter in Mitteleuropa grundsätzlich ausfallen und so müssen wir solch unangenehme Zustände zumindest gelegentlich ertragen.

Wintersport mag ich noch weniger als Sport im allgemeinen. Ich werde niemals verstehen, warum Leute, wenn sie das Glück haben in der Ebene zu wohnen, im Winter ins Gebirge fahren, in irgend ein, meist überfülltes Kaff mit schmalen, steilen und glatten Straßen und schlechten Parkplätzen. Schon am frühen Morgen, noch ehe es richtig hell ist, ziehen sie dann ihre vom Vortag meist noch feuchten Klamotten an, verfrachten ihre Skiausrüstung auf dem Dachgepäckträger, befreien dann erst einmal das Auto von Eis und Schnee, hoffen, daß das Auto dann auch anspringt, quälen sich anschließend auf vereisten Pfaden, meist schon im Kolonnenverkehr zu einen Skilift, finden mit Glück sogar einen passablen Parkplatz, müssen das Auto also nicht im Chausseegraben abstellen, um dann einige Sundern lang abwechselnd einen Berg herunterzuschlittern und sich dann anschließend wieder nach oben schleppen zu lassen.

Yeti, der Schneemensch, würde bei einem solchen Anblick nur den Kopf schütteln. Aber in den Fitness-Studios in den Städten würde er auch kein besseres Bild finden: Galerien von Laufbändern, auf denen Leute entlang springen. Das sieht noch nicht einmal aus wie eine Horde Affen.

Damit keine Mißverständnisse aufkommen. Ich liebe Bewegung in der freien Natur, Fahrrad fahren, wandern, im Sommer schwimmen im See. 'Sport' aber, mag ich nicht. Für mich ist das gekünstelte Bewegung, etwas unnatürliches, ein Zeichen von Zivilisation, die der Degeneration entgegenstrebt. Ich kann nun einmal nichts dabei finden auf einem Rasenplatz einem Ball hinterherzujagen, das ist meiner Meinung nach, eher etwas für Leute, die keine hohen geistigen Ansprüche stellen. Für noch absonderlicher halte ich es, wie schon oben gesagt, sich in einem Fitness-Studio an irgendwelchen Gerätschaften abzuquälen. Das erscheint mir wie eine Affendressur. Ich gebe aber zu, daß diese hier dargestellte 'Abneigung' problematisch und zwiespältig ist. Man muß hier ins Detail sehen. Ich habe auch Hanteln und einen Expander für Muskeltraining zuhause, Geräte, die ich unbeobachtet im Schlafzimmer benutze. Was ist also der Unterschied zur Nutzung der gleichen oder ähnlicher Geräte in einem Fitness-Studio ? Es ist für mich die öffentliche Darstellung dort. Ich werde das im Folgenden noch näher erläutern. Auch beim Fahrrad fahren besteht ein Unterschied. Es ist für mich durchaus nicht das Gleiche, ob man, sozusagen, in ziviler Kleidung oder in spezieller Radfahrermontur, oft mit Werbeaufdrucken versehen, durch die Gegend fährt. Man kann die Unterschiede so sehen: einmal handelt es sich um individuelle Körperertüchtigung und einmal um Befriedigung des Herdentriebs, um Unterwerfung unter soziale Diktate oder Anpassung an Modediktate. Ich bin lieber ein Individuum als ein Herdentier, auch wenn meine Mitmenschen deswegen Schwierigkeiten mit mir haben und mich viele daher ablehnen. Das bereitet mir aber keine großen Probleme; wer mich nicht mag, der soll mich eben meiden. Ich werde deswegen nicht sterben.

Manchmal hat Sport durchaus auch einen Sinn, wenn man sich ein Ziel setzt. Zum Beispiel kann ich mit dem Fahrrad zum Park Schönbusch fahren, dort den Biergarten aufsuchen und ein Weizenbier genießen. Die Fahrt dorthin dauert eine knappe Stunde wenn ich mich nicht eile, wozu es keinen Grund gibt, die Rückfahrt noch einmal die gleiche Zeit. Sehen Sie, das ist sinnvoller Sport!

Nun bin ich aber ein bißchen vom Thema abgewichen; also, wenn es schon einen Winter geben muß, dann wünsche ich mir eine Periode trockener Kälte mit klarem Himmel und Sonnenschein. Dann kann ich wenigstens größere Wanderungen unternehmen.

Jener Winter war aber anders; Mitte November zogen Wolken auf und hielten sich hartnäckig bis Ende Februar. Es gab nur sieben Sonnentage in dieser Periode. Es war also fast durchgehend trüb, die Temperaturen schwankten um die fünf Grad Celsius, es regnete oft, meist ein feiner Nieselregen, der mir größere Wanderungen verleitete, da man doch im Laufe der Zeit durchnäßt wurde.

Manche Leute werden bei solchem Wetter trübsinnig, wünschen sich Sonne, den Süden, brauchen dann ein Psychiater oder Tabletten. Das scheint aber nur Leute zu betreffen, die nichts zu tun haben. Für mich ist es aber ein gute Zeit zum Arbeiten und Erholen. Muß ich zum Beispiel bei warmem Sonnenschein am Schreibtisch sitzen, dann blicke ich oft neidisch aus dem Fenster, stelle mir vor, was ich nun draußen in der freien Natur alles unternehmen könnte, Fahrrad fahren, wandern, schwimmen, Phototouren durchführen. Gleichzeitig überfällt mich dann auch ein furchtbares Streßgefühl, wenn mir alle Arbeiten einfallen, die in Haus und Garten zu verrichten sind. So ist die Sommerzeit ein ständiger Kampf zwischen Pflichtgefühl und Freizeitwunsch. Im Winter ist das anders, da herrscht mehr Gleichmut, zumal auch die Tage kürzer sind und damit auch die Zeit für Unternehmungen im Freien.

Ich habe mir daher angewöhnt die Zeit von November bis März zu teilen. Die Zeit von Weihnachten bis Mitte Januar gehört der Erholung, ich nehme da auch regelmäßig Urlaub, zu der ich im Sommer nie komme, der Rest gehört der Arbeit. Das macht auch insofern Sinn, da es in der Zeit um den Jahreswechsel morgens am längsten dunkel ist und ich so ohne schlechtes Gewissen bis neun Uhr schlafen kann. Alles ist also ausgeklügelt. Daher kam mir das trübe Wetter in jenem Jahr sogar noch zugute. Die Ferientage verbrachte ich ruhig, unternahm, je nach Wetter, größere oder kleinere Wanderungen, widmete mich ansonsten meinen 'Hobbies', dem Sortieren und Zusammenfassen der Photos, die ich im Laufe des Sommers aufgenommen hatte, lesen, schreiben, arbeiten an meiner Modelleisenbahnanlage. Ab und zu fuhr ich in die Stadt, bummelte durch die Straßen, schaute, was es so alles in den kleinen Läden und großen Supermärkten zu kaufen gibt, aber man nicht unbedingt haben muß. Die Abende verbrachte ich mit trinken, was mir allerdings nicht so recht bekam, denn am nächsten Morgen fühlte ich mich meistens schlecht und ich vertrug das Frühstück nicht. Also gab ich es schließlich schweren Herzens auf. Das war schade, zumal ich bereits wegen Schmerzen in der Brust im Spätsommer das Rauchen aufgegeben hatte.

Was bleibt einem dann noch, wenn man älter wird ?

Ich hatte mir in jenem Herbst angewöhnt, die Samstagabende der Entspannung zu widmen und eine Sauna aufzusuchen, sofern nichts wesentlich Interessanteres anlag, zum Beispiel Theateraufführungen, Kinofilme, Konzerte. Sie liegt eine knappe halbe Fahrstunde von meinem Wohnort entfernt; ich war im Spätsommer durch eine Zeitungsanzeige auf sie aufmerksam geworden.

Es ist eine recht schöne Anlage mit mehreren Saunen, einem Whirlpool, einem Schwimmbecken im Freien und Kaminräumen zum Ausruhen, nicht so steril wie die zum Hallenbad gehörende Sauna im Nachbarort, die ich früher den öfteren aufgesucht hatte.

Ich hatte die Anlage Anfang September zum ersten Mal besucht, Gefallen gefunden und da ich ein Mensch bin, der eine gewisse Ordnung braucht, auch bald einen geregelten Ablauf meines Aufenthaltes erstellt. Ich kam üblicherweise kurz nach acht Uhr an, blieb bis sie um elf Uhr schloß.

Anfänglich hatte ich damit gerechnet Bekanntschaften zu machen, Damenbekanntschaften natürlich, ich bin ja nicht schwul, doch diese Hoffnung, wenn man überhaupt von Hoffnung sprechen konnte, erfüllte sich nicht. Ich Laufe der Wochen stellte ich zwar fest, daß es zahlreiche regelmäßige Besucher gab, aber Kontakte kamen nicht zustande. Ab und zu wechselte ich zwar mit anderen Besuchern ein paar Worte, doch blieb all dies unverbindlich, ohne Folgen, wenn man das so nennen möchte. Ich gewöhnte mich an diese Umstände, versuchte bald auch gar nicht mehr irgendwelche Gespräche zu beginnen, sondern begnügte mich damit mich zu entspannen und den Aufenthalt zu genießen, da ich ohnehin am liebsten allein bin.

Unter diesen Umständen war jene Begegnung am Samstag nach Weihnachten schon außergewöhnlich und ihr Ausgang beunruhigend und ließ mich an meinem Verstand zweifeln.

Aber urteilen Sie selbst !

Ich war an jenem Abend, wie üblich kurz nach acht angekommen, hatte zunächst, wie üblich, die 'Amethyst' – Sauna aufgesucht, eine Viertelstunde, wie üblich, dort verweilt.

Entsprechend meiner Gewohnheit begab ich mich dann kurz nach halb neun zum 'Heubad', da der Whirlpool überfüllt war. Im Gegensatz zu dem Hochbetrieb in dem vorderen Gebäude war es hier ruhig. Lediglich eine Frau hielt sich dort auf. Ich grüßte, sie erwiderte meinen Gruß, setzte mich dann so, daß ich durch das Fenster die Uhr im Aufenthaltsraum sehen konnte, musterte dann erst einmal die Anwesende, die mir vorher noch nie aufgefallen war. Sie saß auf der oberen Bank, mir rechts schräg gegenüber, wenn man den in der Mitte stehenden Ofen als Bezugspunkt nimmt. Sie mußte recht groß sein, nicht allzu schlank, aber auch noch nicht füllig. Ihr Busen war eher klein. Sie hatte ein hübsches, allerdings etwas herb wirkendes Gesicht, welches eher auf ein mürrisches als ein freundliches Wesen schließen ließ, dunkles, bis auf die Schultern hinab reichendes Haar. Sie war nicht mehr jung, vielleicht Ende vierzig. Sie warf mir einen kurzen, bösen Blick zu, aus dem ich entnahm, daß es ihr nicht paßte, daß ich sie so intensiv anschaue. Nun hatte ich mir bereits mein Bild von ihr gemacht und die Frau schien auch nicht auf eine Konversation aus zu sein, ich wandte daher meinen Blick ab, schaute durch das Fenster in den weitgehend leeren Ruheraum und auf die Uhr. Knappe fünfzehn Minuten hatte ich Zeit, da ich zum Neun-Uhr-Aufguß gehen und vorher noch eine Runde in dem sich zwischen den Gebäuden befindlichen Becken schwimmen wollte. Nur ab und zu schielte ich kurz zu ihr hinüber. Einige Minuten vergingen.

„Für mich ist dies hier die angenehmste Sauna. Ich mag den Duft des Heus, die Temperatur ist nicht so hoch, das belastet den Kreislauf nicht. Ich kann es hier eine Stunde aushalten."

Ich war etwas in Gedanken versunken gewesen, fragte mich nun spontan, wer da gesprochen haben konnte, denn die weiche, freundliche Stimme paßte so gar nicht zu dem bösen Blick, den sie mir zugeworfen hatte. Eher hätte ich von ihr eine unfreundliche Bemerkung erwartet, zu der ich ihr allerdings keinerlei Grund gegeben hatte. Leicht verwirrt blickte ich auf. Es war nur eine Person anwesend, die gleiche wie vorhin. Doch ihr Gesichtsausdruck hatte sich gewandelt, sie lächelte.

„Ja, das stimmt", antwortete ich, „um diese Zeit nutze ich den Heubadaufenthalt immer als Vorbereitung für den Aufguß um neun Uhr. Ich habe es allerdings auch schon erlebt, daß hier manche einschlafen und anfangen zu schnarchen."

Sie lächelte.

„Und am Ende schlafen dann mehrere und schnarchen im Chor."

Ich lächelte auch.

„Erlebt habe ich das hier bisher zwar noch nicht, es würde mich allerdings nicht wundern, denn manchmal ist es hier wirklich voll."

„Ja, wenn man so entspannt daliegt und bereits müde ist, dann kann es schon passieren, daß man einschläft. Mir ist allerdings das Holz auf die Dauer zu hart. Ich sitze lieber, der Hintern ist besser gepolstert."

„Das geht mir ebenso."

Das Gespräch verstummte kurz.

„Um neun Uhr gibt es einen Aufguß?" fragte sie dann, „wo denn?"

„In der großen Sauna schräg gegenüber. Es ist allerdings ein Dreier-Aufguß."

Die Antwort war mir spontan herausgerutscht. Dann stutze ich allerdings etwas. Aus ihrer Frage war zu entnehmen, daß sie Örtlichkeiten und Gegebenheiten hier nicht kannte. Aber warum hatte sie dann gesagt, daß das Heubad die ihr angenehmste Sauna sei. Nun gut, der Satz ergab allerdings einen Sinn, wenn sie eine gleiche oder ähnliche Einrichtung von anderen Saunen her kannte.

„Aufgüsse mag ich nicht so sehr", fuhr sie fort, „ das brennt zu sehr auf der Haut, aber einmal riskieren kann man es ja. Wann ist das ? Um neun Uhr, sagten Sie ?"

„Ja, sehr pünktlich sogar. Sie dürfen aber nicht erst kurz vorher kommen, sonst sind die besten Plätze besetzt und nur noch die unangenehmen auf den oberen Bänken übrig. Wie gesagt, es ist ein Dreier-Aufguß und beim dritten Gang wird es oben wirklich grausam heiß. Es hängt natürlich auch davon ab, wer den Aufguß durchführt."

Ich blickte zur Uhr hinüber.

„Es ist Zeit, ich will noch kurz ein Bad nehmen und dann rübergehen."

„Ich komme mit."

Ich hatte mich nicht getäuscht, sie war echt groß, etwa eins siebzig und ihre Figur konnte man auch noch schlank nennen. Das nebenbei. In der Aufgußsauna fanden wir noch Plätze in der mittleren Reihe, der Raum füllte sich rasch. Viele kannten sich offensichtlich, großes Gerede entstand, insbesondere unter den Weibern. Das verstummte aber rasch als die junge Frau mit dem Kübel und der Schöpfkelle erschien, bedächtig Wasser auf die heißen Steine goß und dann begann mit dem Handtuch zu wedeln. Da war nur noch ein Stöhnen zu hören. Das Brennen auf der Haut und die Hitze der Luft, die fast den Atem nahm, steigerte sich von Mal zu Mal. Es ist daher stets eine große Erleichterung, wenn die Aufgießerin oder der Aufgießer nach dem dritten Mal ihre Arbeit beendet haben, den Raum verlassen und die Gepeinigten ihnen folgen können.

„Endlich wieder frische Luft", sagte die Frau als wir ins Freie kamen.

„Ja", antwortet ich, „und nun dreimal am Schwimmbecken entlang gehen, dann abduschen und anschließend ins Wasser, das weckt die Lebensgeister."

Sie folgte mir. Das Wasser fühlte sich so richtig warm an, die Kälte der Luft spürte ich nicht, es war angenehm. Die Frau empfand das offensichtlich genauso.

„Herrlich !" rief sie nur.

Nach zwei oder drei Runden hielt ich am Beckenrand an. Sie gesellte sich zu mir, strahlte. Der harte Gesichtsausdruck war verschwunden.

„Schön hier", sagte sie.

„Ja, ja, ich weiß", antwortet ich.

„Ich heiße Carmen", meinte sie dann; und nach kurzen Zögern fragte sie: „Darf ich dich berühren?"

Das kam für mich so überraschend, daß ich lediglich entgegnen konnte: „Warum nicht? Ich heiße übrigens Fritz."

Sie strich mit ihrer Hand über meinen Hinterkopf, dann über mein Gesicht, den Hals entlang, zu den Schultern hin.

„Das darfst du bei mir auch tun."

Ich tat das Gleiche und erst als sie begann meine Brust zu streicheln zögerte ich.

Sie lachte.

„Zier dich nicht, das darfst du auch."

Sie genoß es.

„Mich hat schon lange kein Mann mehr berührt, aber jetzt ist der Zeitpunkt gekommen, die Abstinenz zu beenden."

Sie lachte erneut.

„Schwimmen wir noch eins, zwei Runden. Langsam wird es mir doch kalt."

Wir verließen dann das Wasser, trockneten uns ab.

„Ich vermute, du kommst öfters hierher. Was machst du nun üblicherweise?" fragte sie dann.

„Nun ja, ich setze mich im Ruheraum vor den Kamin und lese. Das ist allerdings Schweigen geboten, also nichts für heute. Gehen wir lieber ins Restaurant und trinken etwas."

Sie stimmte zu.

„Ich bin Lehrerin an der Grundschule in Obernburg", begann sie nachdem wir Platz genommen hatten, „üblicherweise unterrichte ich die dritte und vierte Klasse; mal sehen, wie sich das hier anläßt, ich bin nämlich erst zu Beginn des Schuljahres von Coburg hierher gekommen. Und was machst du?"

Ich erzählte ihr ein bißchen über meine Arbeit und am Ende meinte sie bloß:

„Na ja, so ein Forscherleben scheint ja auch nicht so interessant zu sein, wie sich das ein Laie naiverweise so vorstellt. Da scheint auch viel Routine dabei zu sein."

Und dann begann sie wieder zu reden, über ihre Lebensvorstellungen, ihre Reisen, ihre Freizeitaktivitäten, ich tat das Gleiche. Sie erzählte aber nichts über ihre Lebensumstände, ihre privaten Verhältnisse oder was sie veranlaßt hatte von Oberfranken zum Untermain zu wechseln. Ich fragte auch nicht nach. Vielleicht gab es triftige Gründe, die sie einem Fremden nicht gleich mitteilen wollte.

„Wir könnten mal wieder in die Sauna zum Aufwärmen zurückgehen", meinte sie schließlich nach einer guten halben Stunde, „aber ins Heubad."

„Meinetwegen."

Es war fast leer, nur ein dicker Mann befand sich darin, der aber bald ging. Es schien als habe Carmen nur darauf gewartet.

Sie zog die Beine hoch, winkelte sie an, drehte sich dann um neunzig Grad zu mir hin, setzte die Füße auf das Holz, umfaßte die angewinkelten Beine unterhalb der Knie mit den Armen und begann mit den Füßen zu wedeln.

„Mach das doch auch", forderte sie mich auf.

Ich gehorchte. Unsere Füße kamen sich sehr nahe und wir mußten nur ein wenig die Beine ausstrecken um uns gegenseitig mit den Füßen die Fußsohlen zu streicheln. Das ging so eine Weile, bis sie schließlich ihren rechten Fuß zwischen meine Beine schob und immer näher zu meinem Körper hinführte. Ich folgte ihrem Beispiel. Sie genoß meine Berührung, ich sah es ihrem Gesicht an. Und ich genoß die ihrige.

„Ein Spiel ist solange ein Spiel wie es ein Spiel ist", sagte sie lächelnd. Und ich faßte das so auf, daß sie meinte wir hätten nun eine vorläufige Grenze erreicht.

Erst als ein Pärchen hereinkam beendeten wir das Spielchen und nahmen wieder eine brave Haltung ein.

Seit unserer ersten Begegnung waren nun knappe eineinhalb Stunden vergangen und dennoch fühlte ich bereits einen gewissen Gleichklang der Seelen, ohne daß etwas in der Art ausgesprochen worden wäre. Für mich war ihr Verhalten, ohne daß ich es hätte näher begründen können, es war reines Gefühl, ein Anzeichen dafür, daß sie sich schon eine längerfristige Bekanntschaft wünschte und nicht nur an einem neckischen aber letztlich unverbindlichen, einmaligen Abendspielchen interessiert war, auch wenn man dies aus ihrem Verhalten durchaus schließen konnte.

Nun bin ich nicht der Typ, der sich spontan über beide Ohren verliebt, habe wohl auch nicht mehr das Alter hierfür, jedoch wirkte diese Frau sehr sympathisch und herzlich und es gab meinerseits keinen

Grund diese Begegnung nur als kurze Episode anzusehen, wenn sich die Möglichkeit einer längerfristigen Verbindung ergab.

Gegen halb elf sagte ich dann:

„Ich bin es gewohnt, zum Abschluß den Whirlpool aufzusuchen, ich denke, es wird dir dort auch gefallen."

Sie bejahte, folgte mir. Das Bad hatte sich schon ziemlich geleert, ein einzelnes Pärchen befand sich darin, das unverfänglich schmuste.

Carmen lächelte, blickte mich an:

„Ich glaube, du denkst das Gleiche wie ich."

Wir glitten ins Becken, schmiegten uns aneinander, küßten uns gelegentlich, genossen das Sprudeln des Wassers. Sie blickte zur Wanduhr.

„Schade, es ist Zeit zu gehen."

„Ja, von hier, aber nicht auseinander."

„Stimmt", bemerkte sie.

Da sich unsere Garderobenschränke in verschiedenen Räumen befanden mußten wir uns nach dem Duschen trennen.

„Bis gleich."

Als ich dann alleine im Umkleideraum war, überkam mich plötzlich ein merkwürdiges Gefühl der Angst. Die Erlebnisse der letzten beiden Stunden kamen mir mit einem Male seltsam und unrealistisch vor, es waren ja auch Szenen, wie ich sie mir oft abends, wenn ich alleine im Bett liege, ausmale, wohl wissend, daß es sich nur um schöne Wunschbilder handelt. Ich wurde nervös, beeilte mich, hastete zur Rezeption, gab meinen Schlüssel ab, erhielt meine Wertsachen zurück. Der Mann an der Rezeption schaute mich seltsam an als ich nun unschlüssig stehen blieb, anstatt mich zum Ausgang zu begeben.

„Ist noch irgendetwas?"

„Nein, ich warte nur noch auf jemanden."

Ein Pärchen erschien, beglich die Rechnung, ging. Ich wartete. Der Mann an der Rezeption sagte nichts, was ich als Zeichen dafür deutete, daß noch Gäste anwesend waren. Mein Herz begann zu pochen. Es war schon zwei Minuten nach elf. Kam sie noch? Oder hatte ich mir das alles nur eingebildet. Ich wurde unsicher. Der Mann an der Rezeption wuselte auf dem Pult herum, sagte noch immer nichts.

„Manche sind nicht pünktlich?" fragte ich nun vorsichtig.

„Das sind wir gewohnt", entgegnete er ohne aufzublicken.

„Wartest du schon lange?" hörte ich unvermittelt Carmens Stimme aus dem Hintergrund.

„Ich glaubte schon, du seist durch einen Hintereingang verschwunden."

Sie lachte.

„Tut mir leid, aber mein Föhn funktionierte nicht, und mit dem schwachen Ding, das im Umkleideraum installiert ist, hat es ein bißchen länger gedauert bis die Haare trocken waren. Außerdem war er noch in Gebrauch, ich mußte warten.

„Die Aufregung war also umsonst, auf Frauen muß man eben üblicherweise warten", dachte ich.

„Was machen wir noch?" fragte sie dann.

Ich kannte den Ort nicht näher, da ich üblicherweise bisher immer nur zur Sauna hierhergekommen war, überlegte kurz.

„Hier in der Nähe gibt es eine Pizzeria, die müßte noch offen haben", entgegnete ich um keine Antwort schuldig zu bleiben. Ich hatte sie noch nie aufgesucht, sie lediglich vom Auto aus im Vorbeifahren gesehen.

„Du meinst wohl die 'Messina'. Ja, die ist ganz gemütlich, hat auch bis eins geöffnet, fahren wir hin?"

„In Ordnung."

„Ich muß allerdings erst ein Stück laufen, mein Auto steht dahinten auf dem Parkplatz."

„Nicht nötig", warf ich ein, „mein Auto steht direkt vor der Tür und ich kann dich hinterher zum Parkplatz bringen."

Sie war einverstanden.

Die Pizzeria war wirklich nett, es herrschte noch einiger Betrieb, aber wir fanden in einer Nische ein ruhiges Plätzchen.

„Angezogen sieht sie noch hübscher aus, dachte ich. Die Beleuchtung war nicht sehr gut, reichte aber, um ihr Gesicht näher zu studieren und um eventuell auch die Herbheit wiederzufinden, die mir am Anfang aufgefallen war. Doch die war verschwunden, ich entdeckte nur noch ein Strahlen.

„Was ist los?" fragte sie mich, sie hatte bemerkt, daß ich sie förmlich anstarrte.

„Ich denke, du fühlst dich wohl, denn als ich dich heute Abend zum ersten mal sah, hattest du so einen etwas herben Gesichtsausdruck, der jetzt verschwunden ist."
Sie stützte die Ellenbogen auf den Tisch, faltete die Hände, legte den Kopf darauf, spitze die Lippen zu einem Luftkuß und sagte dann bloß:
„Du hast Recht."
„Ja", entgegnete ich, „es ist schön dich getroffen zu haben. Ich hatte das gar nicht erwartet als ich zuhause losfuhr und habe es wahrscheinlich auch gar nicht verdient."
„Was nicht verdient?"
„Jemanden wie dich kennenzulernen."
„Ja, und was ist denn an mir Besonderes?"
Ich grinste.
„Eigentlich nichts, ich meine, nichts was so übermäßig auffällig wäre. Ich spüre nur einen gewissen Gleichklang der Seelen."
„Was meinst du damit?"
„Das ist wahrscheinlich etwas schräg ausgedrückt, ich meine damit eine gewisse Hingezogenheit."
Sie verzog das Gesicht.
„Ich meine", ergänzte ich, „das ist so: manchmal trifft man Frauen, unterhält sich mit ihnen, natürlich in der Absicht sie näher kennenzulernen. Da gibt es dann welche, die möchte man schon nach wenigen Sätzen wieder loswerden, andere bleiben einem auch nach stundenlangem Reden noch fremd, man findet einfach keinen Kontakt zu ihnen. Bei wieder anderen spürt man bald, daß es trotz vielleicht gleicher Ansichten in vielen Dingen, trotz anscheinend vieler gleicher Interessen, nie eine gemeinsame Lebensbasis geben wird und so weiter. Und manchmal, ohne Vorwarnung, trifft man eine, von der man sich gar nicht mehr trennen möchte. Ich möchte das nicht als Liebe auf den ersten Blick bezeichnen, vielmehr als das Gefühl oder auch die Erkenntnis in ihr eine mögliche Lebenskameradin gefunden zu haben."
Ich erhob den Zeigefinger.
„Ich sagte bewußt 'mögliche', denn herauszufinden, ob da wirklich eine längere Beziehung daraus werden kann, dauert logischerweise einige Zeit; am Anfang ist es lediglich eine Spur, der man nachgehen muß."

Carmen lachte.

„Und ich bin eine Spur ?"

Ich nickte.

„Mehr kann man nach drei Stunden ja auch nicht sagen."

Carmen wiegte den Kopf.

„Eine Spur, das hat mir bisher noch keiner gesagt."

Sie schwieg einige Sekunden.

„Sag mal, wie viele Spuren findest so das Jahr über ?"

„Na ja, seit Ende der letzten Beziehung vor gut einem Jahr bist du die erste."

Sie blickte mich erheitert an.

„'Er folgte ihrer Fährte, weil er sie sehr begehrte' heißt es in so einem komischen Schlager. Jedenfalls bist du offensichtlich kein so erfolgreicher Fährtensucher."

„Ja, welchen Grund sollte eine Frau auch haben mich zu nehmen."

Sie schaute mich intensiv an, zuckte mit den Achseln.

„So spontan fällt mir in der Tat keiner ein."

„Und warum hast du mich dann angesprochen ?"

„Weil ich mich geärgert habe, daß du mich so anstarrtest, und ich wissen wollte, was du für ein Typ bist. Du hast gleich gemerkt, daß ich böse wurde und hast dann getan als sei nichts, wirktest dann völlig desinteressiert. Das hat mich anfangs verwirrt, aber ich hatte bald den Eindruck, daß dies nur gespielt war und daher wollte ich Klarheit."

Sie lachte.

„Ich denke, mein böser Blick sagte dir, ich sei keine Spur, aber so richtig einsehen wolltest du es offenbar nicht, weil du trotzdem noch einige Male zu mir herüber geschielt hast. Vielleicht hat dich aber auch nur mein Busen interessiert."

„Es gibt keinen Grund jetzt im Kaffeesatz zu lesen, es ist eben meine Art, mir meine Mitmenschen genau anzuschauen; manche stört das. Ich komme mir dann vor wie ein Spanner und schaue dann lieber weg, bevor sie dumme Bemerkungen machen. An eine Spur habe ich anfangs nicht gedacht. Das ist wahr."

„Ein solches Verhalten hatte ich jetzt nicht in Betracht gezogen, es ist ja auch eher ungewöhnlich. Ich hatte, ehrlich gesagt, einige anzügliche Bemerkungen erwartet, mich schon auf eine entsprechende Reaktion vorbereitet und war dann völlig überrascht als nicht dergleichen kam. Das machte mich neugierig und ich dachte bei mir, den mußt du näher kennenlernen, herausfinden, was das für ein Typ ist."

„Und wie siehst du mich jetzt ?"

„Ach, ich weiß nicht so recht. 'Spur' ist vielleicht gar kein so schlechter Ausdruck. Allerdings, seltsamer Weise fühlte ich mich bald zu dir hingezogen, ich verstehe selbst nicht so ganz warum. Ich hoffe, du hast jetzt keinen schlechten Eindruck von mir wegen der 'Spielchen'."

„Nein, die haben mich fasziniert, sie wirkten neckisch, aber zugleich auch unverfänglich, 'Spielchen' eben. Für mich ist das ein Zeichen für 'Größe', die Fähigkeit über der Sache zu stehen, meinetwegen auch als Zeichen für einen lockeren, freien Geist. Vulgär wirkte das jedenfalls nicht."

„Dann bin ich ja beruhigt."

Carmen wurde ernst. Ihr Gesicht nahm härtere Züge an.

„Ich gehöre nicht zu den Schlampen, die mit jedem gleich ins Bett gehen, erwarte also nichts weiter heute Abend. Ich bin mir meiner Würde als Frau bewußt und nichts wäre mir unangenehmer als Gerede ich sei billig zu haben."

Ich blickte sie lächelnd an.

„Davon gehe ich aus. Da kann man sagen, was man will. Als Lebenspartnerin wünscht sich ein Mann eine Frau, vor der er Achtung hat. Und vor einer Hure hat kein Mann Achtung. Die taugt vielleicht als Geliebte oder als Freundin, bei getrenntem Lebensbereich, aber die Einschränkungen eines Zusammenlebens ist sie nicht wert."

„Das sehe ich auch so", antwortete sie mit ironischem Unterton. Ich erschrak ein bißchen. Hatte ich sie jetzt unnötig gekränkt ? Ich hatte mich ein bißchen ungeschickt ausgedrückt. Der Begriff 'Hure' bezog sich in diesem Zusammenhang ja nicht auf das Vorleben. Ich hatte das vielmehr so gemeint, daß man mit einer Frau durchaus eine freundschaftliche Verbindung unterhalten kann, auch wenn sie noch andere Männerbekanntschaften pflegt. Für eine Lebenspartnerin kommt sie allerdings nicht in Betracht, da es keinen Grund gibt Sorgen und Probleme mit ihr zu teilen, also sein eigenes Leben mit Last beladen, während es andere Männer gibt, denen sie nur Spaß schenkt. Dann kommt man sich doch zweitklassig vor ! Sie können das natürlich auch als Eifersucht bezeichnen, ich möchte es allerdings eher 'Neid' nennen. Und ein bißchen neidisch ist doch jeder. Ich war mir allerdings unsicher, ob sie diesen feinen Unterschied auf Anhieb verstehen würde, fuhr daher fort.

„Aber verstehe mich jetzt nicht falsch, das war jetzt nur ganz allgemein gesagt, nicht auf dich bezogen. Wir haben uns doch gerade erst vor ein paar Stunden kennengelernt und müssen erst eine Bekanntschaft aufbauen. Und das sollte auf der Basis unseres Verhaltens uns gegenüber geschehen, so wie wir jetzt sind, das frühere Leben sollte da keine Rolle spielen."

„Das ist jetzt etwas schwülstig ausgedrückt", entgegnete Carmen, „aber ich verstehe schon, was du meinst. Wir sollten dem andern sein bisheriges Leben nicht vorwerfen, wir sollten vielmehr ehrlich zueinander sein."

„Aber so ganz ausklammern läßt sich die Vergangenheit auch nicht."

„Ich weiß; die Last, die sich auf der Seele angesammelt hat, läßt sich nicht einfach abladen und zurücklassen, sie wirkt nach. Und da sollten wir Verständnis füreinander haben."

„Das ist treffend gesagt."

Die Zeit schritt voran. Der Wirt kam herbei um abzukassieren da er schließen wollte. Er fragte, ob alles auf eine Rechnung gehen solle. Ich antwortete schnell: „Ja." Carmen schaute mich an.

„Das ist doch nicht nötig."

„Schon gut. Ich habe dich schließlich eingeladen", entgegnete ich und bezahlte.

„Treffen wir uns morgen ?" schlug ich dann vor.

„Ja", sagte Carmen erfreut, „und wo ?"

„Es ist zufälliger Weise einmal gutes Wetter vorausgesagt, wäre dir ein Spaziergang in Schönbusch angenehm ? Hinterher können wir ja noch Kaffee trinken gehen."

„Ja", sagte sie, sichtlich erfreut, „und wann treffen wir uns und wo ? Um zwei Uhr am Eingang? Ist das Recht ?"

„Kein Problem", sagte ich, „abgemacht."

„Gut", sagte sie, „aber für den Fall, daß doch etwas schieflaufen sollte, sollten wir auf jeden Fall unsere Telefonnummern austauschen."

Weder sie noch ich hatten einen Stift einstecken und so mußte der Wirt aushelfen. Wir notierten unsere Namen und die Nummern auf Bierdeckel.

Ich brachte sie dann zum Parkplatz; er war klein und eng und so hielt ich am Straßenrand; ihr Auto stand auch nicht mehr als fünfzehn Meter entfernt. Sie nahm ihre Tasche ging zum ihn hin. Wegen der Dunkelheit konnte ich den Wagentyp nicht richtig erkennen. Es könnte aber ein älterer, dunkler VW Golf gewesen sein. Das Nummernschild konnte ich natürlich auch nicht sehen. Ich wartete bis sie eingestiegen war und den Motor angelassen hatte. Dann fuhr ich nach Hause, sichtbar glücklich. Später ärgerte ich mich dann darüber, daß ich nicht länger gewartet und mir das Kennzeichen notiert hatte. Aber es hatte ja auch keinen Grund zu Argwohn gegeben.

Der nächste Morgen verrann zäh. Minuten wurden zu Stunden. Ich fieberte dem Wiedersehen entgegen. Gegen halb zwei fuhr ich los, erreichte den Park zehn Minuten vor zwei, wartete. Um halb drei war sie noch immer nicht erschienen. Nun ist es zwar durchaus üblich, daß sich Frauen signifikant verspäten, ich wurde dennoch unruhig, kramte mein Mobiltelefon hervor, wählte nacheinander beide Telefonnummern, die ihres Festnetzanschlusses und die ihres Mobiltelefons. Beide Male erhielt ich die Meldung, daß es unter dieser Nummer keinen Anschluß gebe. Das verwirrte mich. Ich erhielt auch keinen Anruf von ihr, weder auf meinem Mobiltelefon, noch auf meinem Festnetzanschluß zuhause wie ich später feststellte. Ich wartete dennoch eine Weile, aber gegen halb vier, mittlerweile begann ich auch zu frieren, fuhr ich, sichtlich enttäuscht nach Hause zurück. Nach dem wundervollen gestrigen Abend hatte ich ein solches Verhalten nicht erwartet. Erneut dachte ich darüber nach, ob ich vielleicht nicht doch geträumt, mir alles eingebildet hatte. Ich war schon nahe daran dies zu glauben, aber dann fielen mir der Bierdeckel mit Name und Telefonnummern und die Rechnung des Pizzeriabesuchs ein. Die Vorgänge in der Sauna hätte ich noch für Einbildung halten können, doch Name und Telefonnummern trugen nicht meine Schrift. Gut, man könnte natürlich annehmen, ich hätte das selbst fabriziert, eben ein bißchen Gekraxel hingelegt um mich selbst zu täuschen, aber die Rechnung aus der Pizzeria mußte unbestechlich sein. Ich kramte sie aus meinem Geldbeutel hervor. Sie trug das heutige Datum mit der Uhrzeit 0:55 h und es waren zwei Gedecke ausgewiesen. Zwei Getränke waren noch verständlich, aber aus welchen

Grund hätte ich zwei Pizzen essen sollen ? Nein, es konnte kein Zweifel aufkommen, die gestrige Begegnung war Realität gewesen. Ich durchforstete das Telefonbuch, fand aber in unserer Gegend keinen Eintrag unter 'ihrem' Namen. Ihr konnte auch kein Fehler bei der Niederschrift der Telefonnummern unterlaufen sein, denn sie war ja nicht erschienen, sie hatte mich auch nicht angerufen. Ich saß nun etwas hilflos da, konnte weiter nichts tun, fühlte mich irgendwie verraten. Ich versuchte eine Erklärung für ihr Verhalten zu finden. Das ging so weit, es mag absurd klingen, daß ich sogar in Erwägung zog, sie könnte überraschend gestorben sein oder unterwegs einen Unfall erlitten haben und nun ohne Möglichkeit Verbindung mit mir aufzunehmen in einem Krankenhaus liegen. Aber diese Erklärungen verwarf ich bald wieder, sie schienen mir zu unwahrscheinlich. Da eine kurzfristige Verhinderung auch ausgeschlossen erschien, sie hätte sich dann ja gemeldet und ich war mir sicher, ihr meine Telefonnummern richtig aufgeschrieben zu haben, gewann ich im Laufe des späten Nachmittags bei einer Flasche Wein immer mehr die Überzeugung, daß sie absichtlich nicht zu unserer Verabredung gekommen war. Aber warum ? Sie hatte doch so begeistert zugesagt ? Nun ja, man weiß, daß Frauenzimmer oft wankelmütig sind und ihre Ansichten rasch ändern. Vielleicht hatte sie sich während der Nacht oder im Laufe des Vormittags anders besonnen ? Aber dann hätten es die Höflichkeit und zivilisiertes Benehmen erfordert, daß sie das Treffen unter irgendeinem Vorwand, hier wäre sogar eine Notlüge verzeihbar gewesen, abgesagt hätte. Und auf ein Nachfragen zu einen späteren Rendezvous, so ausweichend antworten können, daß ihr Desinteresse an einer weiteren Begegnung unbedingt verstehen mußte. Das sind schließlich einfache Mittel der Kommunikation !

Und so wie ich sie gestern kennengelernt hatte, konnte ich mir auch nicht vorstellen, daß sie nicht den Mut zu einem absagenden Anruf hatte.

Blieb also der bittere Geschmack eines Mangels an zivilisiertem Benehmen.

Dessen ungeachtet, blieb in den nächsten Tagen eine gewisse innere Spannung. Ich rechnete in der Tat noch mit einem Anruf, wartete allerdings vergeblich.

Am darauffolgenden Samstag sprach ich in der Sauna den Mann an der Rezeption, es war zufällig die gleiche Person wie in der Woche zuvor, in der Angelegenheit an. Der Mann erinnerte sich an uns, zu der Frau konnte er wenig sagen. Möglicherweise habe sie schon vorher das eine oder andere Mal die Sauna besucht, ihm sei sie aber fremd gewesen. Allerdings habe er ja auch nicht immer Dienst an der Rezeption. Nun bin ich zwar ein Mensch, der im Allgemeinen schüchtern ist, aber wenn mir Dinge wichtig erscheinen, werde ich doch manchmal unverschämt. Ich bat daher den Mann, natürlich ließ ich ihn über die näheren Umstände im Unklaren, in den nächsten Wochen aufzupassen, ob sie wieder erscheine. Ich fragte im März und im April nach, doch die Frau war nicht mehr aufgetaucht.

Eine gute Woche später, nach Ende der Weihnachtsferien, rief ich in der betreffenden Schule an, fragte nach einer Frau Leberg. Die Sekretärin antwortete, ich hatte das fast nicht anders erwartet, an dieser Schule gebe es keine Lehrerin diesen Namens; auf meine Nachfrage erklärte sie, mittlerweile etwas unwirsch, es gebe an der Schule auch keine Lehrerin mit dem Vornamen Carmen.

Weiterzuforschen hatte wenig Sinn, ich hatte auch kein großes Interesse daran. Sie hatte mir zweifelsohne bereits an jenem Samstag Abend einen falschen Namen oder die falsche Schule genannt oder auch beides. Und die Telefonnummern stimmten natürlich auch nicht. Anders ausgedrückt: sie hatte sich mit mir nett unterhalten, mir Interesse an einer Bekanntschaft vorgegaukelt, aber mich dabei lediglich schamlos belogen. Ich war nur der Gegenstand eines Spiels gewesen, über das sie sich wahrscheinlich bereits auf der Heimfahrt köstlich amüsiert hatte. Das kränkte, allerdings nicht auf Dauer.

Ich habe meine Gewohnheiten nicht geändert, gehe samstags weiterhin in die Sauna, sehe dort die Leute, die ich schon vorher regelmäßig sah. Carmen ist aber nicht mehr aufgetaucht.
Hinzuzufügen ist nur: es ist zwar sinnlos und lächerlich, doch seit einigen Wochen durchstreife ich sonntags wenn es das Wetter zuläßt, Obernburg und die Orte im Umkreis in der Hoffnung Carmen zufällig auf der Straße zu begegnen, denn irgendwo muß sie ja wohnen und sie kann sich ja nicht absichtlich vor mir verstecken. Manchmal

wünsche ich, ihr noch einmal zu begegnen und sie nach den Gründen ihres Verhaltens fragen. Aber, was könnte das nutzen ? Würde sie mich diesmal nicht wieder anlügen ?

Es bleibt also die Frage, warum können zwei Menschen nicht ehrlich miteinander umgehen ? Diese Begegnung hat jedenfalls das Vertrauen in die Mitmenschen endgültig zerstört.

Ich werde keine Kontakte mehr suchen, alleine bleiben, um Lügen zu vermeiden.

Angelika

I.

Hermann erwachte; ein Blick auf die Uhr zeigte ihm, es war noch früh, erst neun. Schon drehte er sich um, um weiterzuschlafen, als ihm einfiel, daß er aufstehen müsse. Dies tat er dann auch.

Er öffnete das Fenster, zog die Jalousie hoch. Ein strahlend blauer Himmel lachte ihm entgegen. Hermann erschrak beinahe. Wochenlang hatte es geregnet, tagaus, tagein. Sonnenschein ? Das konnte er sich schon gar nicht mehr vorstellen;   und nun ergoß sich eine Flut von Licht und Wärme auf die Erde nieder um die Spuren des Trauers wegzuwischen. Es war als beginne ein neuer Abschnitt in der Geschichte der Natur, ein neuer Anfang, wie nach der Sintflut.

Hermann blinzelte etwas verlegen in die leuchtende Sonne, alles schien unrealistisch, traumhaft.

Doch es war kein Traum, es war Wirklichkeit.

Hermann zog sich an und frühstückte. Dann ging er auf sein Zimmer zurück, öffnete den Schrak und holte seine Schulmappe hervor.

Hausaufgaben für morgen ?

Englisch und Mathematik.

Zweieinhalb Stunden später klappte er seine Hefte zu. So, fertig.

Wieder einmal hatte er seine Aufgaben ordentlichst erledigt. Wären alle Schüler so wie er, dann könnten die Lehrer zufrieden sein.

„Aber morgen bin ich gewiß wieder der Einzige, der seine Hausaufgaben gemacht hat. Meine Freunde werden dann kommen und sie abschreiben wollen", sagte er sich.

‚Freunde ?' Hermann grinste, Freund besaß er nicht; zum Vorsagen und zum Abschreiben der Aufgaben war er gut genug, aber sonst galt er als Streber oder Klassenclown. Früher hatten sie ihn oft gehänselt oder geärgert, aber jetzt ließen sie ihn in Ruhe, weil er immer gleich zu toben begann. Hinter vorgehaltener Hand lachten sie jedoch weiterhin über ihn. Es störte ihn nicht mehr. Er hatte sich daran gewöhnt, daß sie sich nur dann mit ihm abgaben, wenn sie ihn unbedingt brauchten, ihn sonst aber links liegen ließen. Letztlich beruhte diese Abneigung auf Gegenseitigkeit. Hermann kümmerte sich nicht um die anderen, er ging seinen eigenen Weg. Er liebte es, ein Einzelgänger zu sein, schon deshalb, weil er fand, daß er nicht zu den anderen paßte, er war anderes als sie, gewissermaßen ein Fremdkörper unter ihnen. Was er war, wußte er selbst nicht.

Überhaupt, er wußte nicht einmal, was er eigentlich wollte und warum er auf Erden war.

Gottes Geschöpf ? Sicherlich nicht, eher das Produkt einer ungewollten Zeugung. Die ganze Welt schien ihm ein einziges Durcheinander; er versuchte eine Ordnung zu finden, was ihm aber nicht gelang. Er verzweifelte allerdings nicht. Er war noch jung und hatte die Hoffnung irgendwann doch noch einen Sinn in seinem Leben zu finden. Das lag im Nebel der Zukunft. Gegenwärtig blieb ihm nichts anderes übrig als seinen Lebensweg entlang zu wandern, bald hier, bald da rastend, immer fragend, warum er lebte und was der Sinn seines Daseins sei. Eine Antwort fand er nicht und so irrte er weiter, ziellos, planlos. Kurzum, er blieb ein Suchender. Wie lange ? Er wußte es nicht.

Er lachte über diese Gedanken. Es war ein kaltes Lachen, sein Herz war tot, kein Gefühl darin. Es schlug um sein scheinbar sinnloses Leben zu erhalten.

Große Beatparty im Haus der Jugend. Eintritt: 2 DM.

Hermann betrat den Raum, die Luft war heiß und stickig; die Band spielte schon, die Menschen tanzten. Hermann beobachtete das Treiben, er bemerkte das sorglose Lächeln in den Gesichtern der Tanzenden.

Warum lächelten sie ?

Kannten sie den Sinn des Lebens ?

Nein, sie denken nur nicht darüber nach.

„Aber", so fragte er sich, „weshalb bin ich eigentlich hier ?"

Er wußte es nicht; es war etwas unbestimmtes, undefinierbares, was ihn hierher gezogen hatte, eine geheime Kraft. Normalerweise saß er sonntags zuhause und las Bücher wie ‚Der Steppenwolf‘ oder ‚Also sprach Zarathustra‘.

Warum war er heute hier?

Warum hatte er kommen müssen, unbedingt?

Was suchte er hier in einer Atmosphäre, die ihm eigentlich nicht paßte; bei dieser lauten Musik, bei dieser nicht aussagenden Tanzmusik, die im Grunde genommen nur für die anderen gedacht war.

Er mochte zwar auch diese Beat – Musik, wie man sie nannte, er mochte die Musik von ‚Cream‘, ‚Jimi Hendrix‘ oder ‚Fleetwood Mac.‘ Er hörte sie oft zuhause in seinem Zimmer vom Plattenspieler. Aber hier wurde sie nicht gespielt.

Ja, was suchte er hier, inmitten dieser Menschen, die sich an diesen Tönen erfreuten, die so in den Tag hinein lebten, die die Dinge so nahmen wie sie kamen und keinen Sinn in ihrem Dasein suchten, deren Herzen aber offenbar lebten?

Nein, hier war nicht sein Platz. Trotzdem widerstrebte es ihm zu gehen.

Er setzte sich.

Er zitterte vor Erregung.

Er zündete sich eine Zigarette an.

Er blickte um sich. Am Tisch gegenüber saß ein Mädchen, etwas jünger als er, vielleicht fünfzehn. Hübsch war sie, mit ihren blonden, lockigen Haaren, ihren blauen Augen. Und ihr rotes Minikleid stand ihr besonders gut. Sie lächelte.

Da sie allein zu sein schien forderte Hermann sie zum Tanzen auf; sie lächelte ihn an, sagte ‚ja‘.

Wie anmutig sie beim Tanzen die Glieder bewegte, er herrliches Geschöpf.

Plötzlich spürte Hermann den inneren Zwang sie anzusprechen.

„Sind Sie von hier?“

Das klang steif und förmlich, aber es hatte ihm widerstrebt sie einfach zu duzen.

„Ich wohne hier, geboren bin ich in Essen. Und Sie?“   Sie lächelte.

„Ich stamme aus einem Nachbarort, aber ich gehe hier zur Schule, ins Gymnasium, elfte Klasse.“

‚Oh je, dann haben sie ja noch zwei Jahre vor sich. Ich bin froh, daß ich es bald überstanden habe.'

Sie lächelte.

„Wieso ?"

„Ich gehe in die Mittelschule, das heißt, noch zehn Tage; Gott sei Dank."

Sie lächelte.

Damit war das Gespräch zu Ende. Zwar tanzte Hermann an diesem Nachmittag noch mehrere Male mit ihr, aber, was immer er auch versuchte, eine weitere Unterhaltung kam nicht zustande. Stets lächelte sie nur.

Gegen halb acht sah er sie dann mit einem anderen Mädchen weggehen, nach Hause vermutlich.

„Was habe ich hier noch zu suchen ?"

Hermann trat den Heimweg an. An diesem Abend war er sichtlich nervös. Ständig mußte er an das fremde Mädchen denken, das an Schönheit alle anderen, die er kannte, weit übertraf.

Er setzte sich auf sein Bett.

Wer mag das fremde Mädchen wohl sein ?

Werde ich sie wiedersehen ?

Es dauerte lange bis Hermann an diesem Abend einschlief und noch im Traum sah er ihr Bild vor sich.

Er hatte sich verliebt.

Er hörte den Regen gegen Fensterscheiben trommeln, ein Unwetter zog herauf.

II.

Die Gedanken an das fremde Mädchen ließen Hermann nicht mehr ruhen, schon sah er sie nicht mehr als Mensch sondern als Ideal. Es war ihm, als sei eine Sonne aufgegangen, die jetzt das Dunkel in seinem Inneren erhellte und sein Herz habe zu leben begonnen. Er mußte sie wiedersehen.

Ferien. Sommer. Schwimmbad.

Hermann fand keine Ruhe, er spürte es, er hoffte es – das fremde Mädchen war hier, war in seiner Nähe. Er hatte in den letzten Tagen bei seinen Mitschülern Erkundigungen eingezogen und erfahren, daß sie Angelika hieß – ‚die Engelhafte‘; ein wunderschöner Name, der haargenau zu ihr paßte; sie war für ihn kein irdisches Wesen, sondern etwas Übernatürliches, Überirdisches. Von Tag zu Tag steigerte sich seine Liebe zu ihr.

Hermann blickte um sich.
Dort drüben am Beckenrand, das war sie, das war Angelika.
Ob sie mich bereits vergessen hat ?
Soll ich sie ansprechen ?
Sie blickt herüber zu mir, sie lächelt, sie kennt mich noch.
Sie ist nicht allein, zwei kleine Kinder sind bei ihr.
Ich muß sie ansprechen !
Aber Hermann sprach sie nicht an; zunächst redete er sich ein, es sei ihr vielleicht unangenehm, weil sie nicht allein war; aber schließlich mußte er es sich doch eingestehen: er war zu feige gewesen – Schüchternheit am falschen Platz.
Langsam zog die Sonne weiter, schon näherte sie sich dem Horizont, der Abend brach herein, ein heißer Sommerabend. Auf der Wiese nahe des Zauns sah er sie wieder. Die Kleinen waren noch bei ihr. Sie waren, wie er später erfuhr, ihre jüngeren Geschwister.
Hermann setzte sich ins Gras, zündete sich eine Zigarette an und blickte hinüber. Wie rührend sie sich um die Kleinen kümmerte, ein fabelhaftes Mädchen. Ein Mann, der eine Frau wie sie hat, kann sich glücklich schätzen.
Sie rüsteten zum Aufbruch. Hermann schaute ihr nach bis sie seinen Blicken entschwunden war.
In der Nähe lief ein Radio auf Hochtouren.
'Are you growing tired of my love' dröhnte es herüber, der aktuelle Song von Status Quo.

Hermann warf den Zigarettenstummel ins Gras und wartete bis die Glut erloschen war. Dann stand er auf und ging seinen Weg.

In der Nacht konnte Hermann nicht schlafen, zu tief hatten ihn die Geschehnisse des Tages beeindruckt. Als er Angelika wiedergesehen hatte, war es ihm mit aller Deutlichkeit ins Bewußtsein gekommen: er hatte sich unsterblich in sie verliebt, ein Leben ohne sie konnte er sich nicht mehr vorstellen. Es wurde ihm auch deutlich, daß er sich in der kurzen Zeit, seitdem er Angelika kannte, sehr verändert hatte. Der Pessimismus, die Verzweiflung über die Sinnlosigkeit des irdischen Daseins waren verschwunden. Er dachte darüber nicht mehr nach. Angelika stand im Mittelpunkt seines Lebens, sie war dessen Sinn.

Seine Klassenkameraden hatten von der Sache Wind bekommen, schon deshalb, weil er überall versucht hatte, Näheres über sie zu erfahren und begannen ihn zu frotzeln. Er nahm das aber nicht wahr, überhörte die Sticheleien. Denn über allem schwebte seine Liebe zu Angelika. Sie war zum Mittelpunkt seines Lebens geworden. Sein Herz lebte damals, es schlug für sie. Klar und rein war sein Verstand. Sollte kommen, was wollte; solange Angelika existierte, konnte ihn nichts erschüttern.

Hermann war glücklich.

III.

Drei Tage vergingen – eine lange Zeit. An jedem Nachmittag suchte Hermann das Schwimmbad auf, er schaute sich nach Angelika um – zunächst vergeblich.

Endlich erblickte er sie wieder, Hermann lächelte, er hatte Glück. Sie kam – sie kam mit einer Freundin, die er kannte; sie legten sich in seine Nähe.

Hermann versuchte mit Angelika in Kontakt zu kommen, doch eisige Kälte schlug ihm entgegen. Die Haltung des herrlichen Mädchens war ablehnend, unfreundlich.

„Warum läufst du mir ständig nach ? Laß mich in Ruhe, du fällst mir auf die Nerven."

Hermann griff sich an den Kopf. Hatte sie das wirklich gesagt oder träumte er nur ? Wo war ihr Lächeln geblieben ? Er schaute sie an –

sie schaute ihn an, zornig und ärgerlich. Das verwirrte ihn, ihm wurde schwindlig. Er wandte sich ab.

„Warum ?"

Am Beckenrand traf er sie dann wieder, noch einmal versuchte er es. Diesmal sagte sie überhaupt nichts, sie drehte sich um und ging weg. Sie ließ ihn einfach stehen, ohne Erklärung, völlig ratlos. Doch Hermann gab nicht so schnell auf. Er versuchte an diesem Tag noch einige Male sie anzusprechen und ihr Verhalten war völlig unverständlich. Ein oder zweimal lächelte sie, meistens reagierte sie aber abweisend und einmal schrie sie ihn sogar an.

Was war los ?

Warum tat sie das ?

Liebte sie einen anderen ?

Zeitweise schien es ihm so, obwohl er bisher niemals einen anderen Jungen in ihrer Nähe gesehen hatte. Das Lied von neulich fiel ihm wieder ein.

'Was macht es für einen Sinn es zu versuchen, um dich herumzuhängen und um deine Liebe zu betteln, wenn du offensichtlich von einem andern träumst ?' hieß es da in einer Zeile.

Noch oft würde er diese Worte wiederholen.

Was war los ?

Was war in diesen drei Tagen geschehen ?

Warum hatte sie sich so verändert ?

Hatte sie sich überhaupt verändert ?

War er ihr nicht vielleicht von vornherein gleichgültig gewesen ?

Warum hatte sie ihn aber zwischendurch immer wieder angelächelt ?

Hatte er sich ihr Lächeln vielleicht nur eingebildet ?

Was ging in ihrem Kopf vor ?

Lag es vielleicht an ihm ?

War er falsch vorgegangen ?

Hatte er sich lächerlich benommen ?

War er zu zudringlich geworden ?

All diese Fragen bewegten ihn, sollten ihn noch tagelang, wochenlang, monatelang beschäftigen, Eine befriedigende Antwort fand er niemals.

Hübsch sah sie aus, wie sie so vor ihm lag. Warum hatte sie sich überhaupt in seine Nähe gelegt, wenn sie nichts mit ihm zu tun haben wollte ? Er verstand es nicht.

Ihre nassen, blonden Haare klebten in ihrem Gesicht. Ihre lachenden, blauen Augen, ihr herrlicher, geblümter Bikini.

Ein wunderbarer Anblick !

Hatte sie gelächelt ?
Oder ihm zugeblinzelt ?
Wem galt es ?
Ihm ?
Wie fühlte er sich ?
Hermann atmete schwer; sein Gehirn – ein Gewirr von Gedanken, Vorstellungen und Wünschen, unfähig, etwas Klares hervorzubringen.

Er wußte nur eines: er liebte dieses Mädchen. Und niemand begriff wie sehr.

Tage wie dieser wiederholten sich noch oft in den folgenden Wochen. Aber immer wieder ergab sich das gleiche Bild: Verzweiflung, Trauer, Hoffnungslosigkeit und eisige Kälte.

Jeder Tag brachte neue Qualen, neue Pein.

Aber wieso kam er immer wieder ins Schwimmbad sobald die Sonne auch nur einen einzigen Strahl auf die Erde niederwarf ? Es war die unstillbare Sehnsucht sie zu sehen, nur sie zu sehen.

Und trotz allem war er damals glücklich, denn sein Herz lebte. Warm und traurig schlug es für sie, für Angelika.

Dennoch, immer wieder überfiel ihn ein Schatten von Melancholie, von Schwermut. Wie sollte das weitergehen ? Angelika verstand ihn nicht. Würde sie ihn jemals verstehen ?

Er hatte einfach kein Glück.

Wie hieß es doch in einem Song von Cream:
,Born under a bad sign.
I would not have no luck at all.'

IV.

Die Zeit verstrich, die Tage wurden kürzer, die Nächte kühler. der Sommer näherte sich seinem Ende. Es wurde Herbst. Die Blätter färbten sich allmählich bunt, leuchtende Früchte funkelten wie Edelsteine in der Septembersonne.
Längst hatte die Schule wieder begonnen.
Neue Aufgaben erwarteten Hermann: Mathematik, Physik, Englisch und noch mehr. Tage und Nächte waren mit Arbeit erfüllt.

Und Angelika ?
Manchmal schien es ihm als habe er die ganze Geschichte überwunden und er begänne nun Angelika zu vergessen. Aber dann, von Zeit zu Zeit mußte er feststellen, daß dies ein Trugschluß war. Sein Herz brannte. er liebte Angelika mehr den je.
Von Tag zu Tag, von Stunde zu Stunde wuchs seine Sehnsucht nach ihr.
Wann, wann würde er sie wiedersehen ?

V.

Hermann erwachte; ein Blick auf die Uhr zeigte ihm, es war noch früh, erst neun. Schon drehte er sich um, um weiterzuschlafen, als ihm einfiel, daß er aufstehen müsse. Dies tat er dann auch.
Er öffnete das Fenster, zog die Jalousie hoch. Draußen erwartete ihn ein trüber, wolkiger, regnerischer Himmel. Hermann blinzelte; es wird langsam Winter; er spürte die Kälte dieses Novembermorgens.
Hermann blickte über die Dächer hinweg in eine ihm fremd vorkommende Welt; alles schien tot, alles gestorben, Verwesungsgeruch lag in der Luft. Hermann fröstelte. Schnell schloß er wieder das Fenster.
Hermann zog sich an und frühstückte ausgiebig. Dann ging er auf sein Zimmer zurück, öffnete den Schrak und holte seine Schulmappe hervor.
Hausaugaben für morgen ?

Englisch und Mathematik.

Zweieinhalb Stunden später klappte er seine Hefte zu. So, fertig. Wieder einmal hatte er seine Aufgaben ordentlichst erledigt. Wären alle Schüler so wie er, dann könnten die Lehrer zufrieden sein.

Große Beatparty im Haus der Jugend. Eintritt: 2 DM.
Würde Angelika heute erscheinen?
Er erinnerte sich an die letzte Party Anfang Juli; damals hatte er sie kennengelernt, damals.
Unruhe überfiel ihn.
Bereits gegen zwei Uhr verließ das Haus. Gegen halb drei betrat er den Partyraum. Die Band spielte schon, zu laut, fand er.
Angelika war nicht anwesend, schade. Vielleicht kommt sie noch.
Sieh, dort drüben sitzt ein hübsches Mädchen, allein. Sie hat ebenfalls blondes Haar und blaue Augen wie sie, wie Angelika.
Hermann holte sie zum Tanzen und tanzte mit ihr fast den gesamten Nachmittag. Doch er vermied es näheren Kontakt zu ihr zu suchen, denn er war nicht froh dabei, seine Gedanken waren bei ihr, bei Angelika. Menschen sind eben nicht austauschbar.
Und so trank er, nur Cola natürlich, rauchte er, tanzte er, trank er, rauchte er, wartete. Und er wartete glühenden Herzens auf sie. Seine Sehnsucht wuchs und wuchs.

Endlich, es war schon Abend, erschien sie, hübsch wie immer. Hermann fühlte eine Sonne aufgehen, die begann die Dunkelheit zu erhellen.
Angelika trug einen blauen Minirock mit gelbem Pulli. Und Hermann fand, es stand ihr noch besser als das rote Sommerkleid. Sie lächelte.
Er bat sie zum Tanz.
Sie lehnte ab.
Er dachte nach.
‚Einmal muß sie mir zuhören. Einmal muß sie die Wahrheit wissen, sagte er sich.
Er nahm all seinen Mut zusammen, zögerte keinen Augenblick mehr.
„Hast du fünf Minuten Zeit? Ich muß mit dir sprechen."
„Oh ja, sehr gerne", sie lächelte, „aber nur fünf Minuten."
„Also, um offen zu sein, ich muß endlich Klarheit haben. Bist du in mich verliebt, ja oder nein?"

Sie lächelte.

„Weißt du, Hermann, eigentlich habe ich deine Frage erwartet. Ich will nun ebenso offen und ehrlich zu dir sein wie du zu mir. Ich gebe zu, du hast mir gefallen als wir uns kennenlernten, damals. Und du gefällst mir, wenn ich es recht überlege, auch noch heute. Es war auch nicht dein, entschuldige, etwas merkwürdiges Benehmen mir gegenüber, das mich abgestoßen hat. Ich habe nichts gegen dich persönlich. Aber du möchtest doch, daß ich deine Freundin werde, nicht wahr ? Schlag dir das aus dem Kopf, mache dir doch nicht selbst etwas vor. Ich bin nicht in dich verliebt, ich war es auch nie."

Sie lächelte.

Sie sagte dies offen und frei von Falschheit oder Heuchelei, es lag Wahrheit in ihren Worten; so schien es jedenfalls. Aber Hermann blickte durch diese Worte hindurch und bemerkte deutlich den leisen Hohn, der darin lag.

„Jedoch …", Hermann konnte sich nicht mehr halten und erzählte ihr die ganze Geschichte, alle Gefühle, alle Freuden, alles Leid, alle Pein.

Er sah, wie ihr ewiges Lächeln erstarrte, verschwand. Dann drehte sie sich um und ging, langsam, unsicheren Schrittes. Sie sagte nichts, aber Hermann las ihr von den Lippen die Worte ab, die sie nicht aussprach.

„Dein Problem."

Es dauerte lange, bis Hermann vollständig begriffen hatte, was geschehen war.

Dieses hübsche, unschuldig wirkende Kind war niemals in ihn verliebt gewesen. Sie hatte stets nur mit ihm gespielt, ihn angelockt, ihn zurückgestoßen wenn er zu nahe kam und sich gefreut, wenn er ‚sauer‘ zu sein schien. Sie hatte zwar längst gewußt, wie es wirklich um Hermann gestanden hatte, die Tiefe

seiner Gefühle waren ihr aber bisher offenbar unbekannt geblieben. Das berührte sie vielleicht nun ein bißchen, aber eher nur für kurze Zeit.

Aber ihn traf das alles wie ein Keulenschlag.

Was habe ich hier noch zu suchen ?

Dieses elende Gehoppse, diese degenerierte Musik, dies alles widert mich an.

Und Hermann verließ den Raum, halb ohnmächtig vor Enttäuschung, Verzweiflung und Trauer.

Er verließ eine Welt, die für kurze Zeit seine Heimat zu sein schien, aber er hatte nun erfahren, daß es für ihn keine Heimat gab.

Draußen regnete es; Hermann störte das nicht, denn das kalte Wasser kühlte sein erhitztes Gemüt. Er erreichte den Fluß und überquerte die Brücke mit hastigen Schritten. Auf der anderen Seite blieb er noch einmal stehen, blickte zurück und starrte auf die glitzernden Lichter der nahen Stadt. Er lauschte der Musik, die zu ihm herüberdrang, obwohl er sie eigentlich nicht mochte, als wolle er wolle er einen winzigen Hauch der Welt einfangen, in der er nicht leben konnte, die in auch ablehnte.

Dann warf er seine Zigarette ins Wasser.

‚Ich werde niemals mehr mich verlieben können, niemals mehr anders empfinden.'

Er sagte diese Worte leise vor sich hin.

Dann drehte er sich um und trat seinen Weg in die Dunkelheit, in die Einsamkeit an –   Unglück und Schwermut waren seine einzigen Freunde.

Statt eines Nachwortes

'Ich habe keine Fahrkarte': Die Erzählung schildert die Erlebnisse an einem Augustabend in Jyväskylä (Finnland) im Jahre 1998.

Der alte Wolf: Es ist die Geschichte eines Einsamen, der die Welt verstehen will, sich aber auch nach Gesellschaft und Zuneigung sehnt, aber nur Ablehnung, Ausgrenzung und ein bißchen Mitleid erlebt. Aber er geht nicht unter, sondern kehrt in 'seine' Welt zurück als er endgültig erkennt, daß er von der Welt der anderen ausgeschlossen ist. Die Erzählung wurde im Jahre 2003 begonnen, aber erst 2016 fertig gestellt.

Die Dienerin: Es ist die Geschichte zweier Menschen, die durch einen seltsamen, archaischen Brauch zusammengeführt werden, aber bald erkennen, daß die 'Absicht' dieses Brauches nicht ihrer Lebenseinstellung und ihren Empfindungen zueinander entspricht. Sie müssen aber auch erkennen, daß, zumindest äußerlich, die Erfüllung des Brauches von ihnen verlangt wird, ohne Rücksichtnahme auf ihre Gefühle. Doch die Liebe zueinander gibt ihnen die Kraft diese Prüfung zu überstehen und den Weg zum Glück zu finden. Die Erzählung entstand im Spätwinter 2017 / 2018.

Der Felsen: Der 'Felsen' ist das Symbol für Beständigkeit, Standhaftigkeit im Wandel der Zeiten, letztlich das, was den Menschen bei allen Veränderungen, die sie über sich ergehen lassen müssen, Halt gibt. Die Erzählung entstand im Sommer 2010.

Das Mädchen mit dem Feuergesicht: Ein Rückblick auf eine Begebenheit in der Jugend mit der nicht zu beantwortenden Frage, ob man damals die richtige Entscheidung traf. Die Erzählung entstand im Sommer 2010.

Königin der Gepiden: In dieser Erzählung geht es um ein 'altes' Thema, die Beziehung zwischen Frau und Mann, wobei allerdings eine rasche Entscheidung fällt, als die Entwicklung positiv angesehen wird, ohne endlose Debatten über Bedenken. Die Erzählung entstand Anfang 2018

Beim Italiener in Lewes: Eine kleine Satire aus dem Jahre 1998, in der das manchmal merkwürdige und unverständliche Verhalten von Mitmenschen dargestellt wird.

Die Scherbe: Eine kleine Karikatur, die zeigt zu welch 'großen' Katastrophen kleine Ereignisse führen können. Die Erzählung entstand 1997.

Ein Telefongespräch in Boston: Eine Begebenheit aus meinem Aufenthalt in Boston im August 1998, die ein Beispiel dafür ist, wie es zu Mißverständnissen kommt, wenn Menschen aneinander vorbeireden, weil der eine nicht versteht, was der andere sagt und sich auch keine Mühe gibt es zu verstehen.

Das Urweib: Eine Geschichte, die zeigt, wie sich Menschen ein Bild von anderen, die sie nicht wirklich kennen, machen, um sie in ihr eigenes Denkschema einzuordnen; sie zeigt aber auch, wie sich das Bild von anderen sich ändern kann, wenn man auf den anderen eingeht. Die Geschichte entstand im Spätsommer 1997.

Der reiche Bauer: Die Erzählung stammt aus dem Jahre 1995, hat aber wohl durchaus auch aktuellen Charakter; sie zeigt, wohin falsch verstandene Mildtätigkeit führen kann.

Eine geheimnisvolle oder auch rätselhafte Bekanntschaft: Die Geschichte behandelt ein allgemeines Thema zwischenmenschlicher Beziehungen: Bekanntschaften, Freundschaften, die unerwartet entstehen, Dauer versprechen, aber dann ebenso abrupt enden wie sie begannen, ohne daß ein Grund hierfür sichtbar wird und den anderen in Ratlosigkeit zurücklassen. Der Beginn der Erzählung datiert etwa in das Jahr 2006, fertig gestellt wurde sie im August 2017.

Angelika: Meine erste niedergeschriebene Erzählung aus dem Jahre 1969; Thema ist meine große Jugendliebe. Sie wirkt sicher über weite Strecken 'kitschig'; ich habe mich aber entschlossen, sie in diese Sammlung aufzunehmen, da viele Motive späterer Erzählungen, wie Sehnsucht nach Liebe, Einsamkeit, Außenseitertum, die Frage nach dem Lebenssinn hier bereits anklingen.

Die Namen der handelnden Personen sind frei erfunden. Übereinstimmungen mit lebenden oder verstorbenen Personen wären rein zufällig.

Der Autor:

Fritz Peter Heßberger, Jahrgang 1952, studierte Physik; 1985 Promotion zum Dr. rer. nat.; von 1979 bis zum Eintritt in den Ruhestand 2018 als wissenschaftlicher Angestellter in einer Großforschungsanlage tätig.